Dolce 2

アイドルがアイドルに恋しちゃだめですか？

原案／HoneyWorks
著／小野はるか

22529
角川ビーンズ文庫

contents

イラスト／ヤマコ、桐谷

stage 0

あの日のことは覚えていない。

あの日、なにがあったのか。

当時小学生だった風真《ふうま》が気がついたときには病院で、頭のなかは真っ白、目のまえは真っ暗だった。

「……事故だよ、風真。交通事故にあったんだ。わかるかい？」

説明されても、わからなかった。

思い出せなかった。

それから何度もぼんやり目覚めては、泥《どろ》のように眠《ねむ》るのをくり返した。

両親が代わる代わるベッドのそばにいてくれることもあったし、だれもいないこともあった。

けれど、そっくりだと言われてうれしくなるくらい大好きだった姉ちゃんだけは、一度も会いにきてくれなかった。

——ねぇ風真。わたしね……アイドルになるんだ！

弾《はじ》けるような笑顔《えがお》でそう言っていた姉ちゃんとは、もう二度と会えない。

風真がそれを知ったのは、何回目かの眼《め》の治療《ちりょう》を終えたあとだった。

あれから数年。

白雪風真《しらゆきふうま》は緊張《きんちょう》で早鐘《はやがね》をうつ胸に手をあてながら、男子トイレの鏡の前で、何度も深呼吸をくり返していた。

鏡にうつった自分の顔は、記憶《きおく》にある姉の顔によく似ている。風真が成長するたびに、どんどんあのころの姉の姿に近づいていた。

こうしてメイクをして、ウィッグで髪《かみ》を長くすればとくにそうだ。

震《ふる》える手で、淡《あわ》いピンクのリップをぬりなおす。

「——もっと笑顔だ。もっと」

鏡のなかで、青い顔をした自分がぎこちなく笑う。

ちがう。こんな笑顔じゃない。

アイドルっていうのはもっと……。

「風真、大丈夫《だいじょうぶ》？」

かけられた声にふり返る。

心配そうにやってきたのは、風真のひとつ年下で幼なじみの灰賀《はいが》一騎《かずき》だった。

「トイレからもどってこないから心配したよ。やっぱ緊張してる？」

「……いや、ちょっと腹が痛かっただけ」

風真がそう答えると、一騎はすこしだけ困った顔をしてポケットからなにかを取りだした。

「はい、これ。風真にプレゼント」

それはお守りにも似た小さな巾着《きんちゃく》だった。

「これは？」

「オレが育てたラベンダーでつくったポプリ。リラックス効果があるらしいから使って」

一騎は爽《さわ》やか系のイケメンなのだが、料理や家庭菜園が趣味《しゅみ》でけっこう女子力が高い。

「さんきゅ。……正直言うと、めちゃくちゃ緊張してる」

どんな強がりも、一騎の前ではいつも無意味だ。

必ずと言っていいほど見破られてしまう。

「緊張するのがふつうだよ。ついに最終審査《しんさ》なんだし」

一騎も緊張したように、どこかぎこちない笑みをうかべる。


ここはエッグレコードが開催《かいさい》するアイドルオーディション、その最終審査の会場だ。

しかも事前に出されていた課題の歌とダンスを観客の前で披露《ひろう》するという、公開オーディションになる。

精いっぱい練習してきたけれど、どうしても緊張してしまう。

「わかってる。でもそれじゃダメなんだ。俺が目指してるアイドルはもっとこうさ、見てくれてるみんなに元気をあげられるような、そんなアイドルなんだ」

こんなぎこちない笑顔じゃ、だれの気持ちも動かせない。

もっと笑え。弾けるような笑顔で。——そう念じて頬《ほお》をはたく。

「あ、そうだ風真、手のひらに『馬』って三回書いてのみこむといいってきいたことある！」

「よしっ、馬、馬、馬……ってこれ足が速くなるおまじないだろ！　書くのは『人』！」

「え、あれ？　そうだっけ？」

　ぽかんとした一騎の顔に、笑いがこみあげた。

　ふたりで笑いながら、手のひらに書いた『人』の字をのみこむ。

「……どう、かな？」

「んー。おまじないはともかく、なんか一騎のおかげでリラックスはできた気がする。ホントありがとな、一騎」

　よしもどろう、と一騎の背中をおして駆《か》けだす。

　暗幕が張られたステージのそでには、すでに最終審査をうける参加者たちがならんでいた。

　そろそろはじめます！　というスタッフの号令がかかる。

　審査についての説明をききながら、風真は一騎にもらったポプリの匂《にお》いをかいだ。

　ハーブの効能はよくわからないけれど、風真のためにこれをつくってくれた一騎のやさしさがうれしくて、心がほっこり温かくなる。

　こわばっていた顔も、今なら全開で笑顔を見せられる気がした。

「がんばろうね、風真！」

「一騎もな！　俺、一騎の歌声好きだし、ふたりで合格して、このさきもずっと一緒《いっしょ》に歌ったり踊《おど》ったりできたらスゲーうれしいと思う」

小さくグータッチをかわして、エントリーナンバー順にならぶ。

風真は最初のほう、一騎はあとのほうだ。

ついに審査がはじまると、ワァッという歓声《かんせい》が待機している列までとどく。

まわりを見れば、だれもが緊張と興奮で落ちつかない表情をしている中、ひとりだけ余裕《よゆう》そうにあくびをかみ殺しているやつがいた。

身長一六〇センチメートルの風真よりも背が高く、すらっとした体形をしている。

目鼻立ちは整っていて、とてもきれいな顔をしていた。

（あれが塔上沙良《とうじょうさら》か）

彼が今回のオーディションに参加していると明かされたとき、合格はまちがいないだろうとささやかれた。

風真とはおなじ年だが、生まれ育った環境《かんきょう》はまるでちがう。沙良は芸能一家のひとり息子《むすこ》で、すでに幼稚《ようち》園《えん》のころから子役としてテレビに出演もしているタレントなのだ。

「おまえ一番目立ってて注目されてんのに、すげーな」

さすがだな、と感心して思わず声をかけた。

「まあね」

「よし、俺も見習わないとな！」

いくつか言葉を交《か》わして、ポプリをしまう。

最後の深呼吸だ。

「おっと、次俺の番だ。んじゃ行ってくるな！」

沙良や、ずっと後ろにならぶ一騎に手をふって駆けだした。

──いい？　風真、アイドルはいつも元気をくれるの。とびっきりの笑顔で夢をあたえて、そしてたくさんのパワーと幸せをくれるの。

そう言って笑う姉の笑顔はいつも明るくて、元気で、幸せそうで。

だから風真はいつも姉から元気と笑顔をもらっていた。

そして姉がいなくなったあと、事故の後遺症《こういしょう》に苦しむ風真に夢をあたえてくれたのは、姉が大好きだったアイドルたちだった。

——だからね、わたしもそうなりたいの。アイドルになって、たくさんの人に笑顔《えがお》を届けられる存在になりたいんだ！

（俺も）

風真は笑顔でステージへと飛び出した。

照明が煌《きら》めき、スカートがひるがえる。

（俺もそう思う。だから、姉ちゃん。俺と一緒にアイドルになろう！）

そして、たくさんの人に笑顔と元気を届けるんだ！

Stage 1
白《しら》雪《ゆき》風《ふう》真《ま》
CV：莉犬
年齢 15歳
身長 160cm
血液型 A型
趣味 メイクの研究、バスケ
特技 3P シュート
長所 目標を決めたら最後まで
やり遂げるところ
短所 一人で抱え込んで、
負担を大きくしてしまいがち
誕生日 12月20日

stage 1

「──お、一騎！　こっちこっち！」

風真は駅のホームで一騎をみつけ、手をふった。

息を切らして走ってくる一騎は中学校の制服、風真は高校の制服姿だ。

「ごめん風真、おそくなった！」

「へーきへーき。一騎は中三だもんな、俺も一年前は入試対策でいろいろいそがしかったからわかるって。ほら乗るぞ、まだぜんぜん間にあう」

ちょうどやってきた電車に、ふたりで一緒に乗りこむ。

吊《つ》り革《かわ》につかまってゆられながら、風真は流れる景色をぼんやりと見つめた。

「ダンスレッスンかぁ……俺、なんかまだ足がふわふわしてて夢みてぇな感じする」

「夢みたいっていうか、まさに夢を叶《かな》えてる最中だしね」

「そう、だな……そうなんだよなぁ」

あの日のことを思い出すと、いまでも胸がドキドキする。

公開オーディションで、合格を告げられた日のことを。

風真と一騎はエッグレコードのアイドルオーディションに合格し、新生アイドルグループ『Dolce《ドルチェ》』のメンバーとして選ばれたのだ。

「ドタバタっていうか、あれよあれよって間だったなぁ」

ふり返ると、まだたったの一か月くらいなのに、目がまわるような毎日だった。

オーディションが行われ、合格を告げられたのは春休み中のこと。

それからエッグレコードの付属会社と契約《けいやく》を交わし、慣れない写真撮影《さつえい》をしたりプロフィールをつくったり、会社に集まって講習を受けたり、今後の活動についてミーティングが行われたりなどした。

並行して行われたのが、きびしいボイストレーニングとダンスレッスンだ。

しかも春休みが終わってからは、風真は新高校生、一騎は受験を控《ひか》えた中学三年生。

とにかくあわただしいスケジュールだった。

「これがずっとつづくんだろうね。アイドルって思ってたより大変なんだなぁ」

「まーな。でも大変じゃない仕事なんてないだろ」

「そうだけど。でもこれだけでもいそがしいのに、風真ホントにアルバイトなんてはじめるつもりなの？」

「もうちょっと落ち着いてからだけどな。事務所が決めた基本のレッスンは無料だけど、それ以外に自主トレするとやっぱお金かかるし、こうやって無料のレッスンに通うのにだって交通費かかるしなぁ。メイクだってダンスしても崩《くず》れないようなやつは高いし」

「そういえばウィッグも買い換《か》えたいって言ってたね」

「今使ってるの安いやつなんだよ。はげしいダンスとかすると静電気でふくらむし、やっぱこういう質って値段に比例するじゃん？」

ファンの前に出ても恥《は》ずかしくないようにするには、肌《はだ》の手入れでもなんでも、けっこう気もつかうしお金がかかる。

「美容かぁ。オレももっと風真みたいにいろいろやったほうがいいのかな？」

「一騎はそのままでもいいだろ。俺はホラ、格好が格好だし……」

今は学校帰りなのでふつうの男子高生の姿だが、風真はメイクにスカート姿でオーディションを受けて合格したのだ。

もちろん、ドルチェでの活動は女装姿でやっていく。そのつもりで審査《しんさ》をうけた。

「はー、女子ってお金かかるよなぁ」

「それツッコんでいいのかどうか悩《なや》む」

風真のぼやきに、一騎が笑った。

そうやってたわいもない話をしているうちに、目的の駅についた。

しばらく歩いてたどり着いたのが、ダンスレッスンを行うスタジオだ。

風真はスタジオの前に見覚えのある人物を見つけて声をかけた。

「おーい、桔平《きっぺい》！」

おなじくドルチェのメンバーに選ばれた眠《ねむり》桔平だ。

桔平は一騎とおなじ中学三年生。一騎よりもひとまわり小柄《こがら》な体形で、ネガティブなところもあるけれど、やさしい性格と歌声の持ち主だ。

「よぉ！」

「風真くん、一騎くん、こんにち……じゃなくて、おはようございます」

「おはよう桔平。なんかこんな時間に『おはよう』とかへんな感じするよね」

「あ、あの、僕ごときが『おはようございます』なんて業界人ぶってるのって、やっぱり失笑ものですよね……。まだ駆《か》け出しなのに」

桔平がおどおどと目を泳がせる。

「コラ、桔平はすぐにそうやってネガティブになる！　まだ駆け出しなのは俺や一騎も一緒《いっしょ》だろ。ほら入るぞ！」

風真はその背をぽんとたたいて、スタジオに向かって押し出した。

「おはようございます！」

「はよ～ッス!!」

更衣《こうい》室で着がえてから鏡張りのスタジオへと入ると、ドレッドヘアが個性的な豆井戸《まめいど》亘利翔《ぎりしゃ》が迎《むか》えてくれた。

だがこれはカツラで、通学用の黒髪《くろかみ》カツラに変えるとふつうのイケメンだったりする。しかも意外と歌もダンスもいけるという、かなり個性の強いドルチェのなかでもひときわ異色なメンバーだ。

「そうだおめーら、さっきマネージャーが来て衣装おいてったぞ。サイズの確認《かくにん》とかしとけってよ。レッスンの前にさっそく見てみねえ？」

「衣装!?」

ギリシャの言葉に、風真たちは目を輝《かがや》かせた。

「見る見る！　たしか童話モチーフとか言ってたよな！」

「わくわくするね。きっと風真のはお姫《ひめ》さまじゃない？」

「あ、あの、でもまだ塔上くんが……」

桔平がおろおろとして言うと、ギリシャは衣装が入った段ボールを抱《かか》えながら、あごで部屋のすみをしめした。

「沙良ならもうきてっけど」

「えっ⁉」

見れば、スタジオのすみになぜか布団《ふとん》が敷《し》かれている。

そこにアイマスクをつけて寝《ね》ているのは、たしかにドルチェのメンバーのひとりで、オーディションで大注目をされていたあの塔上沙良だった。

「沙良、また寝てんのかよ……。おい、衣装あわせしようぜ。起きろって！」

風真がゆすっても叩《はた》いても、沙良は起きない。

オーディションの時は感心したけれど、今はわかる。沙良は緊張《きんちょう》をしないのではなくて、そもそも『がんばる』とか『一生懸命《いっしょうけんめい》』という言葉と無縁《むえん》なだけなのだ。

つまり、やる気がない。

「あーそうかよ。んじゃ、お前の衣装大きかったから直しといてくれってマネージャーに報告しとくからな。足首丸見えのぱっつん衣装でステージに立てよな！」

「……やめてくれる？　そういうレベルの低い嫌《いや》がらせ」

むすっとした表情で、ようやく沙良が起きた。

「オイ見ろよ風真！　オレっちの衣装！」

ずりずりと沙良を布団から引きずり出す風真に向けて、ジャーン！　とギリシャが衣装を広げて見せた。

「紺色《こんいろ》のベストと……首輪？　どのへんが童話なんだ？」

「なんかベストはオレっちだけみてーだけどな。見ろホラ、しっぽがあんぞ！　デッケェ手袋《てぶくろ》も！」

「風真のはこっちだよ、すごくかわいい！　みんなオオカミがモチーフみたいだね。童話に出てくるオオカミなんじゃない？　『赤ずきんちゃん』とかさ」

一騎が手《て》渡《わた》してくれたのは、紺色のスカートとケープのセットだった。

たしかに、オオカミっぽいふさふさのしっぽがついている。

「あ、俺のにはつけ耳も入ってる。そっか、みんな少しずつデザインがちがうんだな」

「うん。風真と沙良、それに桔平のには耳があるみたいだよ。手袋としっぽはおそろいだね」

「こんな立派な衣装、僕きちんと着こなせるんでしょうか……」

「桔平のはフードと耳が一体化してんのか、カワイイじゃん。すっげーにあうと思う。よーしみんなで着てみようぜ。ちょうど鏡もあるしな」

わくわくしながら、それぞれの衣装に袖《そで》を通す。

首輪と手袋はメンバーの担当カラーで、風真がピンク、一騎がライトブルー、沙良はパープルで、桔平はグリーン、そしてギリシャがイエローとなっていた。

ステージ衣装をきっちりと身にまとって、鏡の前にならぶ。

わいわい騒《さわ》ぎながら着がえをすませた五人は、眠《ねむ》そうな沙良以外、とたんに無言になって息をのんだ。

（これが、ドルチェ）

そろいの衣装をまとうと、アイドルになったのだという実感がようやくわいてきた気がした。

「——テレビ出演!?」

エッグレコード社に呼びだされ、驚《おどろ》きの報《しら》せをもらったのは、それから少し経《た》ってからのことだった。

ベースがすでにできあがっていたデビュー曲もようやく完成し、ドルチェの活動はさらに一歩を踏《ふ》み出しはじめていた。

まだまだ単独ライブなどを行えるわけではないが、おなじ事務所の先輩《せんぱい》のライブで前座をつとめ、デビュー曲『ベビベビ』を披露《ひろう》したり、レコード店や商業施設《しせつ》の小さなステージで歌ったりもするようになったころのことだ。

「テレビって言っても、アイドル専門チャンネルなんだけどね」

まあまあ、と興奮するメンバーをたしなめるようにマネージャーが言う。

「な〜んだ、地上波全国放送じゃねーのかよ……なんて言うわけねーだろぉ！　スッゲェじゃねーかよ専門チャンネルだってなあ!!」

ギリシャがガクガクと桔平の肩《かた》をゆさぶりつつ言う。

「やめろギリシャ。桔平が死にかけてるだろ」

「あー？　こいつ『出演』って聞いた瞬間《しゅんかん》から意識飛んでたぞ」

ギリシャが手を離《はな》すと、桔平がはっと気がついたように顔色を変えた。

「しゅ、出演って……僕たちはいったいカメラの前で何をすれば……っていうか、僕みたいなのが映ってしまっていいんでしょうか……」

「いやいや映ってきてくれないと困るよ。今回、番組内でうちのエッグレコード特集があるんだけど、そのなかで新生アイドルとしてドルチェも紹介《しょうかい》してもらえることになったんだ」

だから視聴《しちょう》者の印象にのこるような自己紹介とか考えといてね、とざっくり言いのこして、マネージャーはあわただしく去っていった。

「印象にのこる自己紹介って……？」

一騎がこまったように首をかしげて風真を見る。

「いや、俺を見られても困るんだけど」

「でも実際、自己紹介もなにもオメーの女装はそのまんま印象にのこんだろぉ」

「どうでもいいけど、ギリシャのドレッドもそうとう印象にのこると思うよ」

沙良が眠そうに言いながら、アイマスクを取りだした。寝る気だ。

すかさずそれを取りあげて、風真はうーんとうなる。

「見た目のインパクトだけじゃなくて、出るからには爪《つめ》あとをのこしてこないとだしなぁ。しっかり考えねーと」

「一騎くん、ボツ個性な僕はいったいどうしたら……」

「大丈夫《だいじょうぶ》だよ、桔平は記《き》憶《おく》力もすごいしやさしいし、じつはバク転バク宙が得意で運動神経バツグンだし！」

一騎は不安そうな桔平にそう言ってから、ふと気がついたように表情を固まらせた。

「……っていうかもしかして、このなかでオレが一番自己紹介するほどのインパクトないんじゃないかな……？」

「たしかにね」

「肯定《こうてい》すんな沙良！　一騎の目が死んでる！」

取りあげたばかりのアイマスクを投げ返して沙良を黙《だま》らせ、一騎と向きあう。

「一騎だって個性にあふれてるだろ、家庭菜園が趣味《しゅみ》だし、ひそかに自作ポエムのノートだって作ってるし、料理だってうまいし！」

「オレ、女子力高い系男子なんて自己紹介イヤだ……」

「えっと…歌だってうまいし！　このグループ唯一《ゆいいつ》の光だし！　それに自己紹介が苦しいと言ったら、俺だっておなじだろ？」

「え、どうして？」

一騎がきょとんとした顔で見るので、風真は苦笑いした。

「だってさ、なに言ってもぜってー質問攻《しつもんぜ》めにされるじゃん、この格好」

ひらひらのスカートをちょんとつまんでみせる。

メンバー全員が、「たしかに」とつぶやいた。


それから、収録の日はすぐにやってきた。

そろいの衣装に身を包み、ドキドキしながらスタジオ入りをすませて——

「……それからのことって、ヤバイくらい覚えてないんだよな……」

風真は、一騎と一緒《いっしょ》に楽屋を出ながらため息を落とした。

緊張《きんちょう》のなか、わけもわからないままに収録を終えてしまっていた。

「オレもだよ風真。なにしゃべったのかぜんぜん記憶にないし」

まだ緊張がぬけきらないのか、胸を軽くおさえながら一騎が苦笑いをうかべる。

「一騎もかぁ。なんか俺、用意してたトークの半分もしゃべれなかった気がするんだよなぁ。

ＭＣからは予想通り女装のことばっかきかれたし」

「ふだん通りだったの、沙良とギリシャだけだったね」

「撮影《さつえい》なれしてる沙良はわかるけど、ギリシャのあの余裕《よゆう》はなんなんだろうな……。なんか納《なっ》得《とく》いかねー」


話をしながら歩いていると、廊下《ろうか》の向こうから他《ほか》の出演者たちがやってきた。

次の収録に参加するアイドルグループ、『さくら道』だ。

「おはようございます！」

声をかけると、みんな笑顔《えがお》であいさつを返してくれる。

さすが人気女性アイドルグループとあって、まぶしいくらいに華《はな》やかでキラキラとしていた。

……のだが、

「あなたが、あの白雪風真？」

（え……!?）


そのなかのひとりが、風真に対して鋭《するど》い視線を向けていた。

黒髪《くろかみ》のさらさらショートボブに、くりっとした大きな目が特徴《とくちょう》のアイドル。さくら道の中心メンバーのひとりである、有栖《ありす》川《がわ》唯《ゆい》だ。

じと…
?

「そう、だけど」

答えながら、風真はただ戸《と》惑《まど》った。

人気アイドルとあって、有栖川唯のことは風真も知っている。知ってはいるが、こうして顔をあわせるのは初めてのはずだった。

それなのに、有栖川唯は顔にでかでかと『大キライ！』と書いて風真を上から下までながめ、「チッ！」と舌打ちまでしたのだ。

（え、え、え……？）

嫌《きら》われるようなことをした覚えは、今のところ、たぶん無い。

Stage 2
有《あり》栖《す》川《がわ》唯《ゆい》
年齢 15歳
身長 150cm
血液型 O型
趣味 自撮りの研究、RPG
特技 ヒップホップダンス
長所 負けん気が強く努力を惜しまない
短所 自分を客観的に見ることができない
誕生日 3月3日

stage 2

暗い海の底みたいな世界に、色とりどりのライトがうかぶ。
おぼれそうなほどの息苦しさを感じながら、心のなかで唯は叫《さけ》んだ。

——わたしの色は？　わたしの色はどこ!?
ここと、あそこと、あっちと、それから……。
——ダメ、もっと……もっとがんばってよ、わたしの色！
もっとたくさん。たくさんほしい。
そうじゃないと、この真っ暗な世界に沈《しず》んでしまうから。消えてしまうから。
もっと好きになって。もっと愛して。
もっと唯を、唯という存在を、そうしてみとめてほしい。

学校のチャイムが鳴るなか、有栖川唯は中学校の教室を出た。

教室といっても、自分のクラスではない。先日欠席してしまったテストを受けるために用意された、空き教室だ。

廊下を歩いていると、たくさんの視線が唯にあつまってくる。

注目をあびることは嫌いじゃない。けれど、学校であつまる視線の多くはどこか不愉快《ふゆかい》だった。

「あれが……」

「ひとりだけ特別あつかい」

「っつーかべつにそんなカワイくなくない？」

「え、あのこ親がいないってホント……？　かわいそう」

そんなひそひそ話が聞こえてくる。

なかでもとくにはっきりと聞こえたのが、「愛想《あいそ》悪いし、調子にのってそー」という声だ。

唯はふん、と鼻で笑ってやった。

（愛想？　なんであんたたちに愛想なんてふりまかなくちゃなんないの？　調子にのってる？　のってるわよ芸能人だもの。なんなの、嫉妬《しっと》？）

ばっかみたい。

それに特別あつかいなんてされていない。勉強に仕事にと、両立できるように唯が特別がんばっているだけだ。

さっき受けたテストだって、だれよりも点数がいい自信がある。

（他人に文句をつけて笑ってれば自分が優秀《ゆうしゅう》に思えるんだから、楽ちんでいいわね、あんたたちは）

とりすました顔で、自分のクラスに入る。

ちょうどお昼の時間だった。しかも今日は給食が休みなので、弁当の日だ。色とりどりの弁当箱が机の上にならんでいる。

いっせいに唯をふり向いたクラスメイトたちの視線より、その弁当の鮮《あざ》やかさのほうが唯の胸に刺《さ》さった気がした。

「あ、唯ちゃんだ！　おはよう、一緒《いっしょ》に食べよ！」

純粋《じゅんすい》に明るい声に呼ばれて、唯はやっと体の力をぬいた。

唯を芸能人だとやっかみの視線で見たり、ごまをすってくることもなく、自然体で接してくれる数少ない友だちだった。

「おはよう。……宇瑠《うる》、なんだかさいきんピンク多くない？」

友だち——王子《おうじ》宇瑠の弁当箱、それに巾着《きんちゃく》もランチョンマットもどれもピンク系だ。前はもっと地味なのを使っていた気がする。

「え、ああうん。ちょっと今ピンクがわたしのなかで来てるっていうか、推《お》し色っていうか。かわいいし元気が出る色でしょ？」

「まあね」

（わたしの担当カラーだし、ピンク）

唯は人気アイドルグループ『さくら道』に所属する、トップメンバーのひとりなのだ。

ファンからは「ゆいにゃん」と呼ばれていて、唯のグッズや応援《おうえん》するペンライトの色はピンクと決まっている。

少し気分をよくしながら、唯は自分の弁当を取りだした。

それでもやはり、巾着を開くときは気が重くなる。


（お弁当の日は、きらい……）

自分の孤独《こどく》をつきつけられるような、そんな気分になる。

唯の弁当は、みんなの弁当とはちがうからだ。


「――あれ、宇瑠の卵焼き、なんか妙《みょう》にコゲてない？」

「あ、やっぱりわかった？　じつは今日のお弁当、自分でつくってきたんだ。お菓子《かし》だけじゃなくてお料理もちゃんとつくれるようになりたいと思って……。失敗しちゃったんだけどね」

宇瑠はそう照れくさそうに言って卵焼きをほおばり、「コゲの味しかしない！」と苦笑いした。

「そっか、宇瑠の手づくりなんだ……」

心のどこかでほっとしながら、自分の弁当箱を開く。

「わ、唯ちゃんのお弁当豪華《ごうか》！」

「まあね」

だめ～

「この卵焼きとその春巻き交換《こうかん》したいなぁ」

「ダメー」

豪華なのはとうぜんだ。これはきのうスタジオの楽屋で出された弁当を持ち帰り、朝そのままつめかえてきたものだ。

なにせ、唯には朝早起きをしてお弁当をつくってくれるような親がいない。

母親は唯が生まれてすぐに天国へ行って、父親は唯を置いてどこかへ消えた。

唯はそういう子どもたちが集まる施設《しせつ》で育ち、今は事務所が用意してくれた寮《りょう》でひとり暮らしをしているのだ。

「そういえば、きのうのアイドル専門チャンネル見たよ。今週もすっごくよかった！」

「あぁ、うちの新曲披露《ひろう》があった……」

「うん。さくら道の新曲、五月の今にぴったりで爽《さわ》やかな曲だよね。唯ちゃんのダンスもクールでかっこよかったよ。それと後半はほら、春にデビューしたばっかりのドルチェのみんなも出てたでしょ！」

「ドルチェ……あれね」

唯は収録を思い出して、顔をしかめた。

ドルチェはやたら個性的なメンバーを集めたグループだった。

なかでも思い出すのは、ピンクの髪《かみ》をした男の娘《こ》だ。たしか、白雪風真という名前だった。

はきはきとした受け答えをしていて、華《はな》があって——そして、最高に気にくわなかった。

以前、宇瑠がファンだと言っていたから口には出さないけれど。


（だいたいなんであいつ、女装してるの？　アイドルなめてるの？）

アイドルでピンク担当といえば、だいたいが花形だ。正直、風真にはそれを担《にな》うだけの素質がないわけではなかったと思う。

それなのに、ああいう奇抜《きばつ》なかっこで注目を集めようとしている。

それが、気にくわない。

実力で勝負をしようとせずに、努力をしようとせずに、楽な方法で注目を集めて人気を得ようとしているのだ。


（あんなやつ、すぐに消えてしまえばいい）

ううん。そんなこと願わなくても、すぐにそうなるだろう。

今はアイドル戦国時代。

数多くのアイドルが日々デビューを飾《かざ》り、夢半ばにして消えていく。

ドルチェがそこそこ注目されているのも今のうちだけだ。

とくに女装アイドルなんて、すぐにおなじようなキャラがデビューしてきて、かぶって、飽《あ》きられて、そうして知らぬまに消えていく。

（芸能界のきびしさ、思い知ればいいわ！）

唯は無言で宇瑠のコゲた卵焼きと春巻きを交換して食べた。……苦い。

お茶に手をのばして、ふと動きを止めた。

宇瑠のカバンにつけられているキーホルダー、これは……。

「白雪風真の、アクキー？」

「えへ、そうなんだ。さいきんピンクが多いのも、じつは風真くんの影響《えいきょう》で……」

「………」

（白雪風真！　ますます気にくわないヤツ……っっ！）

にぎったペットボトルがメキッと音をたてた。

Stage 3
灰《はい》賀《が》一《かず》騎《き》
CV:坂田明
年齢 14歳
身長 165cm
血液型 O型
趣味 料理、家庭菜園、ポエム
特技 ふわふわのホットケーキが作れる
長所 人の長所を見つけるのが得意
短所 人の意見に合わせがち
誕生日 7月7日

stage 3

「これがドルチェ部屋かぁ……」

ドルチェによるささやかな握手《あくしゅ》会があった、その翌日。

都心からすこし離《はな》れた所にある、とあるマンションの一室に案内されて、風真は「おぉ」と感動の声をあげた。

新築ではないし、どこにでもあるような手狭《てぜま》な物件をちょっとリノベーションしたような部屋だった。

必要最低限の家具がすでに置かれているが、それもぜんぶ使い古した中古品。

それでもやはりうれしくて、風真はメンバーたちとともに目を輝《かがや》かせた。

通称《つうしょう》ドルチェ部屋の名前のとおり、ここは自分たちに与《あた》えられたミーティングルームなのだ。

「いいかい、これからはここで打ち合わせや講習をしたり、防音室を使ってボイトレをしたりするからね。あと一階にあるダンススタジオはうちの元関係者が経営してるから、時間外の個人レッスンもお得に受けさせてもらえるから」

　マネージャーが説明しながら、中を案内する。

「衣装はここ。体重計もあるから、こまめにチェックして管理すること。あと合鍵《あいかぎ》は渡《わた》すけど、遅《おそ》くまでレッスンをしたりとかで泊《と》まりに使う場合は、必ず事前に親と事務所の許可を取ること。いいね？」

「「「「はい！」」」」

　それから細かい説明をいくつかすると、マネージャーは帰って行った。

「部屋までもらえるなんて、こんなに至《いた》れり尽《つ》くせりしてもらっていいんでしょうか……。僕たちまだまだひよっこなのに」

　桔平がおそるおそるソファに座ろうとして、やっぱり遠慮《えんりょ》したように立ちつくす。

　かわりにどっかと腰《こし》をおろしたのはギリシャだ。

「あぁ？　もっと胸を張れよ桔平、それだけオレっちたちが期待されてるってことだべ」

「なに甘いこと言ってるの。この下のダンススタジオは元関係者だとか言ってたでしょ。ここのオーナーだってそうなんじゃない？　大人の事情ってやつだよ、うまくお金がまわるようになってる」

「冷めてんな〜沙良は。っつーかそんなならよけい遠慮すっことねーじゃん、ガハハハハ！」

「あのさ、さっそくだけどちょっと防音室使ってボイトレしてていいか？」

風真は防音室をのぞきながら、みんなに声をかけた。

「ダンスのレッスンまで時間あるし、俺もっとこうさ、歌の語尾《ごび》が安定できるようにしておきたいんだよな」

「あ……風真くん、もしよかったらでいいんですけど、僕もいっしょにボイトレさせてもらってもいいですか？」

おずおずと桔平がきいてくる。

「きのう、握手会のあとで『さくら道』のライブにすこしだけ顔を出させてもらったじゃないですか。あのとき聞いた生歌、やっぱりすごいなぁって感動しちゃって……」

「ああ、わかるわかる。俺もスゲーなって思った」

さくら道はおなじ事務所……といっても、ドルチェはあくまでもエッグレコード付属会社所属という立場なのだが、その縁《えん》で顔を合わせることが多い。

彼女たちはパフォーマンスも歌声もハイクラスで、今ぐんぐんと人気がのびているアイドルグループだ。

「やっぱり生歌であそこまですごいなって思うのって、基礎《きそ》がしっかりしているからだと思うんです。僕なんて、これまでボイトレスクールに通ったこともなかったですし……」

「そんなの桔平だけじゃない。だから自主トレするんだろ。――ほら、いっしょにやろうぜ！」

「風真、オレもやるよ！」

「どーれじゃあオレっちもやるとすっかぁ！」

風真が桔平の手をひくと、一騎とギリシャも手をあげた。

沙良は……と思って見れば、すでに部屋のすみっこでアイマスクをつけて眠《ねむ》っている。

ちょっとイラッとしたが、芸能一家で生まれ育った沙良はきっと、ボイトレなんて小さい頃《ころ》からしっかりと受けているのだろう。

今わざわざ自主トレなんてしなくてもいいのかもしれない。

「そういやさくら道と言えばよぉ、風真オメーなんかめっちゃ嫌《きら》われてるよなぁ。有栖川唯だっけ？　きのうもこの前も、あいさつでオメーだけあからさまにムシされてたよなぁ」

ギリシャに言われて、風真はすこし困った。

たしかに、有栖川唯は事務所や仕事で顔を合わせるたびに、冷たい態度をとる。

それも風真に対してだけ、だ。

他《ほか》のメンバーにはきちんとあいさつをしてくれるし、ムシしたり睨《にら》んだりといった態度もとっていないのに。

「あれはどうしてなんでしょう……？」

「オメーなにかやらかしたんじゃねぇの？　スカートめくったとか、有栖川唯のメイク勝手に使ったとかよぉ」

「はあ？　してねーし！」

「たしか、はじめて会ったときからずっとだよね」

一騎も考えこむように首をひねる。

「あぁ、たしかアイドル専門チャンネルの収録で会ったときが最初で、それからずっとなんだよな……」

風真も腕《うで》を組んでいろいろ思い返してみたが、やっぱり心あたりはまったく無い。

「風真、つらくない？」

心配そうに一騎が顔をのぞきこんでくる。

大丈夫《だいじょうぶ》だと風真は笑って、三人を防音室に引っぱりこむ。

「平気平気。それより早くボイトレしようぜ！」

一騎はまだどこか心配そうな顔をしているけれど、強がりではなく本当に平気なのだ。

（だってあいつ、ヘンだしなぁ）

心のなかで、これまでの有栖川唯の態度を思い出す。

たしかに唯は風真に対して塩対応だし、あからさまな無視もする。ギラギラとした敵意を向けられることもあった。

それに対してはじめは戸《と》惑《まど》ったし、正直、ちょっぴり傷ついたりもした。

でも、ふと気がついたのだ。

唯が風真に対して冷たい態度をとったあと、ひそかに、ちょっとだけ、後悔《こうかい》したような顔をすることに。

たぶん唯は、自分の態度がほめられたものではないと自覚している。

そして、そういう態度をとっていることに、罪悪感も感じているのだ。

本当に根っから性格の悪いイヤなやつというのは、ああいう顔なんてしないと風真は思う。

（あんな顔するくらいならフツーにしてればいいのに。ホント、ヘンなやつ）

今度会ったら、「おなじ事務所だしおなじピンク担当なんだし、仲よくしよう」とでも言ってみようか？

なんて、そんなことを思った。


その後しばらく経《た》ってからの、ある週末のことだった。

「——はい、本当にすみません。おつかれさまでした」

風真はすっかり暗くなったドルチェ部屋のなかで、電話越《ご》しにマネージャーに頭をさげていた。

通話が終わると、今度は母親に電話をかける。

「……あ、母さん。あのさ、ちょっとレッスンのあと休憩《きゅうけい》してたら寝落《ねお》ちしちゃって……うん。ごめん心配かけた。うん、こっちはぜんぜん大丈夫なんだけど、さっきマネージャーに連絡《れんらく》したら、この時間に帰るのは逆によくないからドルチェ部屋に泊まっていくようにって。あしたもどうせ朝からレッスンあるし。……うん、今度から気をつけるよ。ホント心配かけてごめん」

状況《じょうきょう》をつたえて、通話を終える。

はぁ、とため息をついて、ひとまず電気をつけた。

部屋の時計は夜の九時半をしめしている。

夜のダンスレッスンを終えたのは七時だったはずだが、個人レッスンだったのがよくなかった。

荷物をとりにドルチェ部屋に寄り、ちょっと休憩のつもりでソファに腰《こし》かけて、そこからすっかり爆睡《ばくすい》してしまっていた。

（つかれてたからなぁ……）

まだ活動といえば、ほとんどが商業施設《しせつ》でのステージやレコード店での小規模な握手《あくしゅ》会、おなじ事務所のアーティストの前座に歌わせてもらうくらいなのだが、それでも一歩一歩たしかに仕事は増えてきていた。

ステージが増えると、課題も増えてくる。

ダンスのミスであったり、歌声の伸《の》びであったりが気になって、個人的に受けさせてもらうレッスンも多くなった。

くわえて、高校生としての学業だ。

最近めっきり気温が高くなったこともあって、すっかりつかれがたまっていた。

（つかれると肌《はだ》も荒《あ》れてくるらしいし、今日はせっかくだからさっさと寝るかな）

ふぁあ～と大きなあくびをすると、盛大にお腹《なか》が鳴った。

「お、そうだ冷蔵庫にこないだ買っといたチルドのパスタが……って、無《ね》ぇっ！　あれ、俺の買い置きカップ麺《めん》も無くなってる!?」

空になった箱の底に、紙切れが落ちている。

そこには『食っといた。ごちさんきゅー』という汚《きたな》い文字が書かれていた。

「ぜってーギリシャだな……」

風真は「あいつ、今度絶対メシおごらせる！」と心に誓《ちか》って、とりあえず今は近くのコンビニにでかけることにした。

外に出ると、昼には真夏のようだった気温もすっかりさがっていた。

かわりにじっとりとした湿度《しつど》のある、肌にまとわりつくような風が吹《ふ》いている。

いやな季節だな、と思いながらエレベーターを降りたところで、おや、と思った。

一階にあるダンススタジオに、まだ明かりがついている。

（先生、電気消し忘れた？）

この時間はさすがに営業時間外のはずだ。

ふしぎに思いながら、中に入ってみる。入り口のドアの鍵《かぎ》は開いていた。


「おーい、せんせ……？」

おそるおそるスタジオをのぞきこんで、風真は息をのんだ。

近所への配慮《はいりょ》をした最低限の音量のなか、きゅっきゅっと心地《ここち》よくシューズの音を響《ひび》かせながら、だれかが踊《おど》っている。

キレのある、それでいて関節の可動域をめいっぱいやわらかく使った、しなやかなダンスだった。


（上手《うま》い……）

思わず見入る。

しかし、そのダンスの主の表情は晴れない。

曲が終わるとこれじゃダメだと言いたげな、きびしい表情で鏡をにらんだ。

（あれ、そういえば今の曲って）

聞いたことがある。

そう気がついたとき、ダンスの主と、鏡ごしに目があった。

「きゃ……！」

「あ、悪《わり》ぃ。のぞくつもりじゃなかったんだけど」

風真があわてて謝ると、相手はおどろいた表情で一拍《いっぱく》固まり、それからキッと眉《まゆ》をつり上げた。

「し、白雪風真っ！」

忌《い》ま忌ましげにこちらを睨《にら》むのは、さくら道の有栖川唯だった。

「なんでこんなところにいるの!?　のぞき!?」

「いやだからのぞきじゃないって。このマンションの上なんだよ、俺らのミーティングルーム。ちょっとここ通りかかったら電気がついてたから、時間外なのに変だと思ってさ」

「よけいなお世話。練習のために場所借りてただけ」

つんとしてそれだけを答えると、唯は汗《あせ》をふいて荷物をまとめはじめる。

「タクシーで帰るのか？　親が迎《むか》えにくるとか？」

もうすぐ夜の十時を迎えるころだ。

女の子がほいほい出歩いて安全と言える時間ではない。

心配して聞いたのだが、なにかが唯を怒《おこ》らせてしまったらしい。

「よけいなお世話だって言ってるでしょ！　さっさと消えて！」

叩《たた》きつけるような、はげしい目で睨まれてしまった。

「ちょ……待てってば。だから迎えがくるのかって聞いてるだけだろ」

明かりを消し、足早にスタジオを出る唯のあとを追う。

風真が外に出ると唯はさっさと施錠《せじょう》をして、駅のほうへと向かいはじめた。

「おい、まさかひとりで帰るのか？　こんな時間に」

「……」

しかめっ面《つら》の唯は返事もせず、どんどん歩くスピードを速くする。

「家が近いとか？」

「……」

「まさか駅まで歩く気じゃないよな？　終電はまだだけど、こっからけっこう距離《きょり》あるぞ」

早歩きというよりはほとんど走っているような状態になったころ、耐《た》えかねたのか、唯がようやく立ち止まった。

「いったいいつまでついてくる気なのっ？」

「電車で帰るなら駅までだろ」

「だからなんでよ！」

「は？　そりゃ心配だからに決まってんじゃん」

正直に答えると、唯がきょとんと目を丸くする。

ツンツンしているくせに、意外と表情は豊かで面白《おもしろ》い。

「あ、もしかして唯はスキャンダル的なの心配してるのか？　それなら俺こんな女装《カッコ》してるし、大丈夫《だいじょうぶ》だと思うんだけど」

「それがイヤなの」

ぷい、とそっぽを向いて、唯はふたたび歩き出す。

風真は頭をかいた。これはそうとう嫌《きら》われている気がする。

「俺のことイヤなのはわかったけど、だからといってここでひとりにするわけにもいかねーじゃん。こう暗いと痴漢《ちかん》じゃなくても交通事故……とか、あるかもしれねぇし」

唯はなにか言い返そうとふり向いたけれど、風真の顔を見るとためらうように口を閉じて、けっきょくそれ以上はなにも言ってこなかった。

「しっかしさくら道って、こんな遅《おそ》い時間まで自主レッスンしてんだな。すげーわ」

ムシされるんだろうなと思いつつ、唯のすこし後ろを歩きながら話しかける。

さくら道はもうすでに人気の出ているアイドルで、しかも唯のダンスは風真の目から見るとほとんど完璧《かんぺき》に見えた。

それなのに、週末にここまでの努力をしていることに純粋《じゅんすい》に感心したし、そのストイックな姿勢に胸を打たれたからでもあった。

「……ばかにしたいんなら、はっきりそう言えばいいじゃない」

意外なことに、唯から返事があった。が、ぼそりとしていてよく聞こえない。

「ん？」

「だからっ、他《ほか》のメンバーは自主レッスンなんてしてないのに、わたしだけひとりであがいてるって、そう正直に笑えばいいでしょ！」

唯はくやしげに表情をゆがめた。

なにを言われているんだろう？　と風真は目を丸くする。

「たしかに他はみんな、小さいころからずっと芸能スクールで歌もダンスもレッスンを受けてきた子たちばっかりだから、こんな泥《どろ》くっさい努力なんてしないわよ！」

「ま、待て待て待てって！」

風真はあわてて両手をふった。

どうやら唯の地雷《じらい》を踏《ふ》んでしまったようだ。

たしか唯は、彼女がネットにあげていた動画を見たスタッフによるスカウトで入ったのだと聞いたことがある。

「悪ぃ。誤解させたかもしんねーけど、そういうことが言いたかったんじゃなくって……。刺《し》激《げき》をもらえたっつーか。俺ももっとがんばんなきゃなって思えたっつーか」

「ばっかじゃないの」

吐《は》き捨てられた言葉が一瞬《いっしゅん》理解できなくて、風真はまじまじと唯を見た。

唯は、完全に怒った顔で風真を見ていた。

「そんなうわっ面だけの言葉、聞きたくないんですけど」

「は？　どういう意味だよ」

「女装なんてして注目を集めて、楽して売れようとしてるじゃない。なにが『がんばんなきゃ』なの？　わたし、そういう遊び感覚の軽い気持ちでアイドルやろうとしてるやつが一番大《だい》っ嫌い」

これにはさすがに、風真の足も止まった。

「遊び感覚？　軽い気持ち？　男がスカートをはいてるだけで本気じゃない？　きめつけんな！」

つい叫《さけ》ぶように言うと、唯はさらに不愉快《ふゆかい》だと言わんばかりに眉をよせた。

「だって、どう見たってただの目立ちたがりじゃないの。それともなにか深い理由でもあるわけ？」

「……会う人会う人みんなに理由を一々説明して、一々納得《なっとく》してもらわないとだめなのか？」

今までこらえていた感情がどっと押しよせてきた。

くちびるが震《ふる》える。

それは唯に対するものというより、その前からずっと抱《かか》えていた、苦しいほどのやるせなさだった。

（どいつもこいつもどうしてどうしてって、理由ばっか聞いてくる……！）

オーディションの時も、取材の時も、番組収録の時もそうだった。

ニヤニヤしながら、敬遠しながら、嫌悪《けんお》しながら。

風真がスカートをはきながらも中身は男のままだと知ると、みんなただの目立ちたがりだときめつけた顔で。

「そういうやつらみんなに、心のなかの一番深いところをさらけ出して、ぜんぶを知って納得してもらわないとダメなのかよっ⁉」

どうせ理解してもらえないことなどわかっているのに。

すべてを話したって、必ず納得してもらえるわけではないとわかっているのに。

「い、痛！」

「あ……ごめんっ」

思わず、唯の肩《かた》をつかんでいた。

手を離《はな》すと、唯は無言でぷいっとそっぽを向く。

一瞬見えたその表情は、やはり言い過ぎたことを後悔《こうかい》するような、ばつの悪い顔だった。

「……ほんと、ごめん。おどろかせて悪かったな。女の子に怒鳴《どな》ったりして」

謝ると、唯はどこか困惑《こんわく》した顔で風真を見る。

ふたたび歩き出す瞬間《しゅんかん》、つんと顔をそむけられたけれど、その目はどこか「こっちこそ」と言っているような……。

気のせいかもしれないけれど、そんな感じがした。

Stage 4
風真
王《おう》子《じ》宇《う》瑠《る》
年齢 15歳
身長 157cm
血液型 O型
趣味 Dolceのイベントやライブへ行く
特技 早口言葉、詐欺自撮り
長所 愛嬌があってなんでも最後まで
投げ出さずにがんばる
短所 人の頼みを断れないで
いっぱいいっぱいになることがある
誕生日 3月12日

Stage 4

「うっそ、つぎの新曲から唯がセンター⁉」

「マジで？　おめでとー！」

「すごいじゃん、おめでとう！」

唯をかこんで、さくら道のメンバーたちからつぎつぎに拍手《はくしゅ》とお祝いの声が上がる。

一日二公演のライブを終えたあと、楽屋でのとつぜんの発表だった。

これまでセンターをつとめていたメンバーが、先週とつぜん卒業を発表したばかりだった。

ここ数か月、過労による体調不良に悩《なや》まされていて、それを見かねた両親が説得のすえに引退させたらしい。

正式な卒業はまだだが、今日のライブにも不参加だった。

「本当にわたしでいいんですか？」

唯が念押しするように確認《かくにん》すると、プロデューサーはしっかりとうなずいた。

「もちろん。唯の表現力は群をぬいているし、期待しているよ。これからは唯がセンターとしてしっかりチームをひっぱっていくんだ」

「はい、期待にこたえられるようがんばります」

唯がプロデューサー、そしてメンバーたちに頭をさげると、「がんばって！」と、めいっぱいの笑《え》顔《がお》と拍手が送られた。

それから、これからのことについて唯だけミーティングがあるというので、みんなと別れて別室へと移動する。

「ちょっと電話してくるから、唯はここで待っていなさい」

「はい」

「あ、じゃあ僕もちょっと来週のスケジュールについて確認してくるから」

プロデューサーとマネージャーがいったん席を外す。

唯はステージ衣装のまま、ひとまず用意されていたパイプ椅子《いす》についた。

（わたしが、センター……）

ぼんやりと、つげられた内容を再確認する。

センターはアイドルグループの『顔』だ。

つまり唯は、さくら道の『顔』になったのだ。

やっと実感がわいてきたのか、胸の底あたりからじわじわとした喜びがあふれだす。

（うれしい……！　これでやっと、みんなの真ん中で歌って踊《おど》れる！）

そうしたら、もっとたくさんの人が唯を見てくれる。

ピンクのペンライトをふって、唯の名前を呼んで、唯だけを見てくれる。

テレビにももっと映れるようになって、そうしたら――。

そうしたら、唯をひとりぼっちにして蒸発した父親も、唯の存在を思い出してくれるだろうか。

それに、たくさんの人が唯を好きって言ってくれたら、こんな自分でもやっと自信を持って生きていくことができるだろうか。

自分のことを好きって言えるようになるだろうか。

きゅっ、とひざのうえで強く手をにぎる。

期待と希望で、頬《ほお》がほわっと温かくなった。

マネージャーとプロデューサーからのミーティングは、思っていたよりもずっと簡単に終わった。

とにかく、センターお披露目《ひろめ》ライブを大々的にやってくれるつもりらしい。それと、センターは花形ではあるけれども、そのぶん責任は重大であるから、そこもきちんと胸に刻んでおくようにとの話だった。

（言われなくても、そのくらいわかってる）

元センターの子が疲労《ひろう》をためこんでしまったのも、その責任からくる重圧が原因だった。

（わたしは強いし、大丈夫《だいじょうぶ》。大丈夫……）

自分に言い聞かせるように心のなかでつぶやきながら、楽屋のドアに手をかけて、唯は足を止めた。

「――なんで唯なの？」

聞こえてきたのは、なかにいるメンバーの声だった。

「わかる。あたし、つぎセンターになるの心音《ここね》だと思ってたんだけど」

「私もー。だってファンって心音のほうが多くない？」

ドアノブにかけていた指先が凍《ここ》えるような心地《ここち》がした。

「まあでもわからなくもないかなぁ、心音の親って超過保護《ちょうかほご》じゃん？　事務所だってまた、うちの娘《むすめ》が体調を崩《くず》したのはアイドル活動のせいだ～なんて言われたくないだろうし」

「それって唯ならだれも文句言ってこないからってこと？　ひどぉい」

「えー、ズバリ言ってるのそっちじゃーん」

楽しげな笑い声が上がる。

（ばっかじゃないの）

心音が心音がと言いつつ、実際に心音が選ばれれば、それはそれでまた陰《かげ》で文句を言うくせに。

自分が選ばれないかぎり、そうやってずっとだれかを標的にするくせに。

（選ばれたいなら、選ばれるだけの努力をしろっつーの）

事務所はビジネスでやっているのだから、親がどうこうくらいでセンターを決めるなんてありえない。施《し》設《せつ》育ちだからなんて、なんの関係もない。

（それがわからないなんて、滑稽《こっけい》すぎて笑えもしないんだけど）

心のなかで吐《は》き捨てて、さっさとドアノブをまわそうとする。

けれど、手がしびれるように冷たくて、動かない。

のどの奥になにか熱いかたまりがつまっているような、そんな息苦しさがあった。

（なによ……）

まさか、傷ついている？　そんなはずはない。

だって、唯は知っている。

アイドルなんて、おなじグループのメンバーといえどもライバル同士なんだということを。

仲よくなんてなれるはずがない。

だからさっきセンターが発表されたときだって、口先だけの「おめでとう」と「がんばって」は言われたけれど、だれひとりとして「一緒《いっしょ》にがんばろうね」などとは言わなかった。

（ほんと、ばっかじゃないの）

唯は鼻で笑った。思い出すのは過去の自分だ。

唯にだって、アイドルになればおなじグループのみんなと切磋《せっさ》琢磨《たくま》して、仲よくなって、親友がたくさんできて……なんて夢みてわくわくしていたころがあったのだ。

でも、これが現実。

孤独《こどく》でぽっかり穴の空いた心に愛を注いでくれるのは、ファンしかいない。

だからこそ、センターとしてがんばるしかないのだ。

（わたしは強い。大丈夫。ライバル《あいつら》のために傷つくとか、冗談《じょうだん》じゃない）

クールな表情をつくって、冷たくしびれる手に力を込める。

大丈夫。

なにくわぬ顔で、なんにも聞いていない顔で、楽屋に入れる。

……入って早く着がえないと、このあとのダンスの自主レッスンに間にあわない。

唯は歯を食いしばって、勢いよくドアを開けた。

ぎょっとした顔でみんながふりかえる。

「唯、お、おかえり……」

「えっと……ミーティングって、なんの話だった？」

さあ、と首をかしげて見せる。

「つかれてて、なんかよく覚えてないかな」

話を適当に流して、手早く着がえた。

「じゃあ、わたしちょっと用事があって急いでるから、先帰るね。おつかれ」

おつかれーという声を聞きながら楽屋を出る。

「あれ、また自腹のレッスンに行くんじゃない？」

「唯はスカウト上がりだから必死だよね」

ひそひそとした声がまだ聞こえたので、後ろ手にぴっちりとドアを閉め、駆《か》けだした。

（なにこの顔……ぜんぜん可愛《かわい》くないんだけど）

快速電車の大きな窓には、どこかつかれた顔の唯がうつっていた。

顔色も悪いし、リップの落ちたくちびるはカサカサで、眉《まゆ》のあいだにはしわが寄っている。

しかしリップをぬり直しても、眉の力をぬいても可愛くならない。

耐《た》えかねた唯は、バッグからマスクを取りだした。

つけると、ハーブの香《かお》りとしっとりとした湿《しめ》り気がのどにひろがる。高い保湿《ほしつ》効果とハーブによるリラックス効果をうたったマスクだった。

ほっと一息ついて、スマートフォンを取りだす。

ライブの直後に撮《と》ってあった写真をSNSにアップした。

つぎつぎに増えていく『いいね』の数をじっと見つめていると、せっかく落ちつきかけた心に、じりじりとした焦《あせ》りが湧《わ》いてくる。

（もっと、もっと押してよ……！　どうしてもっと伸《の》びないの！）

心音より、他《ほか》のメンバーより、もっとたくさんの『いいね』がほしい。

陰口になんて負けたくない。

負けたくないから、もっとファンにはがんばってもらわないと……。

（みんな、もっと『いいね』を押して、わたしの存在をみとめてよ。唯が一番好きなんだって、その愛を証明してよ……！）


腹が立つような、泣き叫《さけ》びたいような感情にかられて、唯はきつく目をつむった。

ゆっくりと息を吸うと、心が落ちつくようなハーブの香りが胸に満ちる。

（……そういえばこれ、白雪風真に押しつけられたマスクじゃない）

先日、またアイドル専門チャンネルの収録で一緒になり、そのときにもらったものだった。

しかもこれだけではなく、防犯ベルまで押しつけられたのだ。

マスクはのどの調子が悪そうだったから、そして防犯ベルは自主レッスンの帰り道が危ないから、とのことらしい。

はじめは断ったのだが、あまりにもしつこいのでしかたなく受けとり、バッグの中に押し込んだままになっていた。

（ホントどんだけおせっかいなの、あいつ）

ちょうど、ピロンと音をたててメッセージの着信があった。

白雪風真からだ。

〈ライブおつかれ！　どうせ今日も遅《おそ》くまでレッスンするんだろ？　帰り道気をつけろよ！〉

連絡《れんらく》先も、また帰りが遅くなってひとりで帰るようなら送るから、と強引《ごういん》に交換《こうかん》させられたものだ。

それでも唯がかたくなに既読《きどく》ムシをつづけていると、夜道を送ることはあきらめたのか、大音量の防犯ブザーを押しつけてきた。

下心があって近づいてきたにしては、だいぶ変わっている。

（それに、いったいどういう神経してるわけ？）

あんな、頭ごなしに風真のことを否定しまくった直後だったのに。

けっきょく謝ったのは唯ではなく風真のほうだったし、レッスンで足を痛めていたことにも気がついて、湿布《しっぷ》もくれたのだった。

ほんとうにどうかしてる。

（白雪風真、とんでもなく図太いやつ！）

心のなかで舌をだしてから、返信もせずに画面をかえる。

ムシだムシ。

……けれど、胸の奥でチリ、と痛みがうずいた気がした。

（……あ、宇瑠からもメッセージきてる）

唯は気持ちをきりかえて、宇瑠のメッセージをひらいた。

〈テスト範囲《はんい》広すぎてヤバイたすけて～〉

というメッセージに、泣き顔のスタンプがおされている。

（そっか、そういえば来週ってテストなんだっけ……）

あまりの忙《いそが》しさにすっかりわすれていた。

（宇瑠がいなかったら、わたしとっくに学生なんだってことも忘れて、学校にも行かなくなってるかも）

宇瑠はいつも唯をふつうの中学生にもどしてくれる。

ふつうに接してくれて、ふつうにいい子だ。

腫《は》れ物あつかいされることが多い唯にとって、とても貴重で、だいじな友だちだった。

ピロン、とまた新しいメッセージがとどく。

〈でも風真くんに会いに行くためにがんばる！〉

〈こんど唯ちゃんもいっしょに勉強しよ？〉

「……」

その宇瑠が白雪風真をかなり推《お》していることもまた、なんだか気にくわない。

しかも最近ＳＮＳで風真の女装が叩《たた》かれ、「キモい！」と拡散されていて、そのことで宇瑠が傷ついているのもまた、気にくわなかった。

（……フン、軽い気持ちで女装なんてして目立とうとするから叩かれるんじゃない。どうせあいつ図太いから平気なんでしょうけど！）

努力もしないでかんたんに目立って売れようとするから、こういうことになる。宇瑠を傷つけて、イヤなやつだ。

自業《じごう》自得！　とスマホをバッグにしまおうとして、手が止まった。

思い出すのは数日前、学校で宇瑠が言っていた言葉だ。

——唯ちゃん、わたしくやしいよ。風真くんのこと否定して悪口を言ってる人たちって、風真くんのことなんにも知らない人たちばっかりなんだよ。

今度は無視できないほどに、胸がはっきりと痛みをうったえた。

あれから、唯は何度かドルチェと仕事で顔を合わせてきた。

それは専門チャンネルの収録であったり、ライブの前座であったりしたのだけれど、どの仕事でも風真のパフォーマンスはいつも全力で、本気を感じられるものだった気がする。

あれは本当に、努力をしないでただ目立とうとしている姿だっただろうか……？

なにも知らないくせに、白雪風真を否定している人たち——それはもしかして、唯自身も当てはまるのではないだろうか。

——このマスクのどにもいいし、リラックス効果もすげーあるから唯も使えよ。俺もけっこう愛用してるんだ。

マスクを押しつけてきたとき、風真はそう言っていた。

リラックス効果をすごく感じるということは、逆に言えば、リラックスしたい――それだけ強くストレスを感じているということではないのだろうか。

本当に、唯が思っているほど、風真は図太いのだろうか？


考えたことがなかった。

いや、考えないようにしてきたのかもしれない。

第一印象で嫌《きら》いだと思ったから。

嫌いな相手のことを悪く思っていれば、気分がいいから。――無意識のうちに、そうやって自己満足にひたっていたのかもしれない。


「…………ばっかじゃないの……」

だれが？　白雪風真が？

それとも、自分が……？

唯はしばらく悩《なや》んでから、スマートフォンに指をすべらせた。

Stage 5

塔《とう》上《じょう》沙《さ》良《ら》

CV:浦田わたる

年齢 15歳
身長 170cm
血液型 AB型
趣味 温泉・ピアノ
特技 ピアノ
長所 容姿端麗、たいていのことはそつなくこなせる器用さ
短所 思い上がっている部分がある、めんどくさがり
誕生日 10月31日

Stage 5

「あっつい……！　ダメだ、もう干《ひ》からびるよ……」

ジリジリとした日差しをさけてビルの陰《かげ》に駆《か》けこみながら、一騎が流れ落ちる汗《あせ》をタオルでぬぐう。

「はぁはぁ……、ほんとヤバイな、今日の気温……」

風真もおなじように汗をふいてから、携帯《けいたい》していたスポーツドリンクをぐびぐびと飲んだ。

時刻を確認《かくにん》すると、午前八時半。

いつもなら学校の時間だが、今日から夏休みだった。このあと九時からはスタジオでダンスのレッスンが予定されている。

風真は日《ひ》陰《かげ》で休憩《きゅうけい》をしながら空を見あげた。

夏らしい青空が一面に広がっている。

「これ、まだまだ暑くなるんだろうな。さすがに帰りは電車じゃないと死ぬかもなぁ」

「うん。体調崩《くず》したら意味がないし、ランニングしながらレッスン行くのは朝だけでいいんじやないかな。あとは夜になってすこし涼《すず》しくなってから、家のまわりを走ったりだってできるんだし」

「だな。先輩《せんぱい》のライブに体調不良で欠席なんて、迷惑《めいわく》かけるわけにもいかねーしな」

先輩のライブとは、おなじエッグレコードに所属する人気ボーカル『ハノン』のライブのことだ。

ドルチェはそのハノンのライブでバックダンサーをつとめることになっている。

それは同時にドルチェの顔見せの機会でもあるし、ライブ中にハノンが衣装替《が》えなどをするスキマ時間には、盛りあげ役としてドルチェの楽曲を披露《ひろう》させてもらえることになっていた。

「ハノン先輩のライブとか、オレたちのステージとはぜんぜん規模がちがうし、なんだか考えただけでドキドキしちゃうね」

「なに言ってんだよ一騎。俺たちだっていずれ単独《ワンマン》で万を超《こ》える客席をいっぱいにするんだからな！」

「うん、そうだね。がんばらないと……って、風真見て、あれ桔平じゃない？」

言われて、一騎が指さすほうを見る。

息を弾《はず》ませながら走ってくる、見なれた小柄《こがら》な姿があった。

「お、ホントだ。おーい桔平！」

呼びかけると、おどろいた顔でこちらへやってくる。

風真たちと同様、じっとりと汗をにじませていた。

「おはようございます、風真くん、一騎くん。あの、もしかしてランニングですか？」

「そ。考えることは一緒《いっしょ》だな！　ダンスとかいくら練習したって、ステージの後半でへばってたんじゃ意味ねーじゃん？　もっと体力つけねーとなって思ってさ」

「ですね。レッスンじゃ基礎《きそ》体力は上がらないですし」

「じゃ、こっからは一緒に行こうぜ」

「え、いいんですか……？」

誘《さそ》うと、桔平はすこし恥《は》ずかしそうに目を泳がせる。

「いいに決まってるじゃん、仲間だろ」

「は、はい！」

ぱあっと目を輝《かがや》かせる桔平に、「あ、そうだ」と一騎が手をたたいた。

「ねえ桔平。悪いんだけどさ、早めにスタジオについたらすこし勉強につき合ってくれない？テキストは持ってきてるから」

「はいっ、じつは僕も持ってきてるんです」

「そっか、ふたりは受験生だもんな。でもあんまムリしすぎるなよ？　レッスンも勉強も」

風真が気づかって言うと、一騎は困ったように笑《え》んだ。

「ムリはしてないけど。オレ、アイドルとしても学生としても、風真のそばにいたいから」

「ん、じゃあもしかして志望校って俺の高校？」

「うん。もちろん」

「なんだよ、じゃあ楽勝だな！　なんたって俺とギリシャが入れるくれーだし」

「でも、ぜったいに落ちたくないから」

そう言った一騎の顔は、いつになく真剣《しんけん》に見えた。

「そっか。じゃあ、一騎が入学してくんの楽しみに待ってるわ」

「うん。――ところで、桔平の志望校って？」

「えっと僕は……」

それから、桔平の志望校のレベルの高さにおどろいたり、おなじくランニングでレッスンに向かっていたギリシャと合流したりしながら、みんなでダンススタジオへと向かった。

沙良だけは遅刻《ちこく》してきたあげく、すぐに居眠《いねむ》りをはじめたので説教したりはしたけれど。

（いいグループだよな）

凸凹《でこぼこ》に個性があふれまくったドルチェは、みんな仲がいい。

おたがいの個性を認めあって、おなじ方向を向いている。それはとても貴重なことだと、風真はわかっている。

世の中では、たくさんのアイドルグループが日々デビューを飾《かざ》っては、やめていく。そんなきびしい業界のなかでも、ドルチェはしっかり成長しながらがんばっているのだ。

だからこそ――。

（こんなときに、落ちこんだ顔なんてしてらんないよな）

風真はそっとため息をのみこんで、スマートフォンの画面を閉じた。

ＳＮＳでずらりとならぶ中傷には、目をつむる。

いちいち気にしてもしかたがない。

自分が暗い顔をして、みんなが心配することだけは避《さ》けたいと、強く思った。

「夏休みはレッスンもがんばってもらうけど、学校が休みのぶん、ドルチェの活動にもしっかり力を入れてもらうよ！」

そう言っていたマネージャーの言葉通り、夏休みはのんびり休む暇《ひま》もないほどいそがしい日々を送ることになった。

春にデビューをしたドルチェにとって、この夏が一番大事なときなのだという。

知名度を上げる大きな機会としてハノンのライブへの出演がひかえているほか、握手《あくしゅ》会やシングルCDの手売りイベント、商業施《し》設《せつ》や屋外プールでのミニライブなど、レッスンのあいまを縫《ぬ》うようにたくさんの活動があった。

そろいの衣装を着て、自分たちの楽曲を歌い、ダンスを踊《おど》る。

その時間は本当に夢のようで、充実《じゅうじつ》していた。

もちろん、楽しいことばかりではない。

握手会に人が集まらないことはあったし、商業施設でのライブでは見向きもされないこともあった。「あれが女装の……」とニヤニヤ顔でスマホを向けられ、写真を撮《と》られたこともある。

それでも、ときどき折れそうになる心を奮い立たせてくれたのは、暑い中、わざわざ足を運んでまで応援《おうえん》にきてくれたファンの笑顔だった。

「俺さ、みんなに笑顔とか元気とかあげられるアイドルになりたいってずっと思ってたけど、逆もあるんだな」

観光施設に設けられた小さなステージでのミニライブを終えた帰り。

風真はぽつりとそんなことをこぼした。

「俺たちが元気をあげることもできるし、ファンのみんなから元気をもらうこともできる。きっと、おたがいにそうやって支えあっていくのが、ファンとアイドルの関係なんだろうなって」

「そうだね。それに、そうやって元気をもらったぶん、もっともっと大きいステージに立って恩返しがしたいよね」

「だな」


すっかり夕焼けにそまった空のした、駅から家への道を一騎とふたりでならんで歩く。

途中《とちゅう》で目にとまったのは、近所にある馴染《なじ》みのコンビニだった。

「ちょっと寄って行かね？　俺アイス食いたいんだけど」

「いいね。じゃあ、そこの公園で食べてから帰ろっか」

一騎もうなずいてくれたので、ふたりそろってアイスを買って、近くの公園に寄り道する。

アイス片手にのるブランコは開放的で、夏特有のむわっとした風もふしぎと心地《ここち》よく感じられた。

「小さいころ、よくこの公園で遊んだね」

「そうだな。一騎はとろくって、鬼《おに》ごっこでよく負けて泣いてたっけ」

風真が昔を思い出して笑うと、一騎はぷくっと頬《ほお》をふくらませた。

「ちがうよ、あれはしいなちゃんがすごく速かったんだよ」

「えーそうだっけか？」

しいなというのは、風真の姉の名前だ。

風真とそっくりな顔で、明るくて元気で、風真の自慢《じまん》の姉だった。

「姉ちゃんはなんでも全力タイプだったからなぁ」

「ホント風真とおんなじだよね、そういうとこ」

「そっか？　俺は年下相手の鬼ごっこくらいちゃんと手加減するぞ……たぶん」

「その『たぶん』はあてにならないと思うなー」

顔を見あわせて、小さく笑う。

こうして気《き》兼《が》ねなく姉の話ができるのはただひとり、幼なじみの一騎だけだ。

風真は溶《と》けかけたアイスを急いでかじり、ブランコを高くこぎ出した。

「――ねえ風真。最近、大丈夫《だいじょうぶ》？」

「ん？」

「ムリしてるんじゃない？」

「……そうだなぁ、さすがにちょっと夏バテもあって、つかれたーって感じはあるけど。え、もしかして俺、肌荒《はだあ》れしてる？」

「そうじゃなくって」

一騎は小さくゆらしていたブランコから、風真を見た。

「肌《はだ》とか体じゃなくて、心のほう。ネットの件、本当はけっこう気にしてるんでしょ？」

一騎のまっすぐな瞳《ひとみ》が、ブランコで近くなったり遠くなったりする風真をじっと見ていた。

「そんなこと――」

ない。

……そう返事をしようとして、風真はあきらめた。

どうせどんなに強がったって、幼なじみの一騎には簡単に見ぬかれてしまうのだ。

風真は高くこいでいたブランコを止めた。

「………まぁな。あれ、正直言うとけっこう傷ついてる」

「やっぱり……」

「みんなにはひみつな？」

「うん」

きっかけは、小さな握手会だった。

そこに居あわせただれかが風真の写真を撮影《さつえい》し、〈女装でアイドルとか、まじムリ〉というコメントをつけてSNSに投稿《とうこう》したのだ。

それは面白《おもしろ》半分で瞬《また》く間に拡散され、広がった。

そして画面上で躍りはじめたのが、〈キモい〉〈ふざけてる〉〈アイドルをばかにしてる〉—

—そういった、風真の女装に対する否定の言葉の数々だ。

「実は、なんにも知りもしないくせにこいつらなに言ってんだって、でっかい声で叫《さけ》びたくなるときもある」

「うん」

「俺はたしかにスカートはいてメイクしてステージに立ってるけど、ふざけてるわけじゃない。

女装して目立とうとしてるわけじゃない。楽して売れようとしてるわけじゃない。アイドルだってばかになんかしてない。俺は、本気で……っ！」

一騎が心配するから冷静に話そうと思っていたのに、やっぱり耐《た》えきれなくて、顔がくしゃりと歪《ゆが》む。

これまで考えないようにしてきたぶん、心のなかにぎゅっと凝縮《ぎょうしゅく》された感情が、どっと堰《せき》を切ったようにあふれてきた。

「俺は、本気でアイドル目指したし、今だって全力で、本気でアイドルやってんだ！」

思わず叫んだ。

なにも知らないくせに。なにも知らないくせに。

しいなのこと、俺のこと、なにも知らないくせに！

悔《くや》しくて悔しくて胸が張り裂《さ》けそうになる。

かといって、しいなのことを大々的に話すこともしたくない。

しいなは大切な存在なのだ。胸の奥で、ずっと大切に大切にしまっておきたい。悪意ある人たちの前にさらけ出したくもない。

「風真」

感情にのまれそうになる風真の耳に、一騎の低くてやさしい声がとどいた。

「大丈夫だよ。オレがぜんぶ知ってる。風真がどれだけがんばってきたかってことも、全力で本気だってことも。ぜんぶ知ってるし、ぜんぶ見てきたから」

一騎の言葉が、風真の背中をささえる。

「だから、つらいときにはガマンしないで？　みんなには言えなくても、オレには言ってよ。いつだって聞くし、いつだって時間あけるからさ」

「……うん」

今ほど、この幼なじみを心強いと思ったことはない。

小さいころは、いつも風真が守る側だったのに。

なんかちょっと照れくさくて、風真は鼻をこすってそれをごまかした。

「ありがとな、一騎。でも感情的に吐《は》きだすのはこれで最後にするわ。俺、まだまだがんばれるから見ててくれな」

「ムリしちゃダメだよ？」

「ムリっていうわけじゃないんだけどさ、批判ばっか気にして暗い顔してたら、ありのままの俺を応援《おうえん》してくれてるファンの子に申しわけねーじゃん」

風真が気にすれば、ファンも気にする。

これ以上、ファンの子たちを心配させたくない。

彼や彼女たちの笑《え》顔《がお》が風真の元気をささえてくれているのだから、かわりにめいっぱいの笑顔と元気を届けたい。

「それに今は俺のことキライでも、がんばってる姿を見せつづけてれば、いつかきっとわかってくれる人もいると思うんだ。軽い気持ちなんかじゃないって。あぁ、白雪風真は本気でアイドルやってるんだ、って。そう思わせられるように俺、がんばりたいんだよな」

にっと笑ってみせると、一騎は困ったように眉《まゆ》をさげた。

「風真らしいけど」

「だろ？」

風真はうーんと空に向かって伸《の》びをした。

「夢を叶《かな》えるっていうのは楽しいことばかりじゃない……なんて言葉よく聞くけど、ホントそうだよなぁ」

レッスンが大変だということだけじゃなく、つらいことや悔しいことだってたくさんある。

「そうだね。ライバルたちもたくさんいて、実力不足を痛感することも多いしね」

「でもきっと、あきらめたやつから脱落《だつらく》していくんだよな」

だから、一緒《いっしょ》にがんばろうな。

そう言って、一騎と指きりをした。


「さぁて、帰るとすっか」

風真はもう一度高くブランコをこいでから、身軽にひょいと飛びおりた。

「風真、スカートスカート！」

あわてて一騎がついてくる。

「家着いたらシャワー浴びて今日の反省点の整理して。あー、あと宿題もあんだよなぁ」

「オレ、いまテキスト開いたらすぐ寝《ね》ちゃう自信あるよ……」

公園を出ながら、アイスのゴミをバッグに押しこんだときだ。

風真のスマートフォンがメッセージの着信を告げた。

「お、まさにさっき言ってたライバルのひとりからだ」

「ライバル？」

首をかしげるので、画面をみせる。

ファン層がちがうので、正確にはライバルとは言えないのかもしれない。

けれど、風真にとっては歌もダンスも人気も格上の存在で、その陰《かげ》の努力も知っているからこそ、負けたくないと思う相手だった。

一騎はメッセージの送り主を見て、あっと声をあげた。

「これってもしかして、さくら道の有栖川唯ちゃん!?　仲よくなれたんだ！」

「仲よくなれた……のかな……？」

素直《すなお》にうなずきにくくて、風真はうーんとうなった。

「たしかに前はすっげー嫌《きら》われてたんだよな。にらまれるし、ムシされるし、しかもネットで叩《たた》かれてんのと丸っきりおんなじ批判もされたし」

一騎がおどろいたようにぎょっと目をみはる。

「え、面と向かって？」

「そ。正直カチンときたし、可愛《かわい》くねーって思ったんだけど、でもなんとなくほっとけなくてさ。さくら道ってかなりの実力派人気グループじゃん？　でもあいつ、いそがしいはずなのに、たったひとりで夜遅《よるおそ》くまで自主レッスンやってたんだよな」

ツンとしていて、いかにもプライドが高そうで。

そのくせ、人気や才能に胡坐《あぐら》をかくことをしない姿勢は、純粋《じゅんすい》に尊敬できると思った。

負けてられない、と一方的にだけれど、思っている。

「そんで、あんな態度だけどさ、やっぱ女の子だし、レッスンのあと夜道をひとりで歩いてるとなるとやっぱ心配じゃん？　なんだかんだと注意喚起《かんき》的なメッセージ送ってるうちに、ポツポツと返事がくるようになったんだよな。送られてくんの、メイクのダメ出しとか収録のダメ出しとか、ダンスのダメ出しとか、そんなんばっかだけどな」

いま送られてきたのもそうだ。

〈思ったんだけど、リップの色がぜんぜん夏っぽくない〉

というダメ出しで、メイクは季節によって変えること！　今年の夏のトレンドはこの色なんだけど！　というメイク指南だった。

「リップの色かぁ、なるほどね。オレたちじゃできないアドバイスだなぁ」

「唯のやつ、俺の女装について否定派なのか肯定《こうてい》派なのか、よくわかんねーよな」

「きっとさっき風真が言ってたみたいに、伝わったんじゃないかな？　風真が本気でアイドルやってるんだってこと」

「そう、かな？　だったらうれしいな」

じわりと心が温かい。

今度、唯に声をかけて、一緒にメイクを買いに行ってもいいかもしれない。

そんなふうに風真は思った。


その日はひさしぶりに、さくら道のメンバーが全員そろっての振《ふ》り合わせがある日だった。

さくら道は多忙《たぼう》だ。メンバーそれぞれに撮影《さつえい》や収録などのスケジュールが別々に詰《つ》めこまれているので、なかなかこうした練習時間がとれないのだ。

（頭痛い……夏バテかな）

唯はレッスンスタジオの洗面室で、持ち歩いていた痛み止めを飲んだ。

最近ずっと、身体《からだ》が重い。

耳鳴りもひどくて、身体がどこか自分のものじゃないような、変な感じがする。

鏡にうつった唯は、いつだったか電車のなかで見たときよりも、ずっとひどい顔をしていた。

（こんなんじゃダメ……。あしたはステージがあるんだから）

唯がセンターになってから、あしたで何度目のステージだろう？

そう考えると焦《あせ》りがわいて、ぎゅっと胃をしぼられるような感じがする。

なにせ、唯がセンターになってから出したシングル曲の売り上げが、伸び悩《なや》んでいる。

夏限定グッズもプロデューサーが立てていた販売《はんばい》予測を下回っているし、テレビ効果でぐんぐん上がっている知名度に反して、グループとしての人気が停滞《ていたい》ぎみなのはあきらかだ。

マネージャーは、そういうときにたまたま唯がセンターになっただけだよと言ってくれたけれど……。

（負けてらんない。あの白雪風真がいるドルチェでさえ、伸びてきてるんだから）

批判がならんでいたネット上にも、風真を応援《おうえん》するコメントが徐々《じょじょ》に増えてきた。

アイドル専門チャンネルにも、視聴《しちょう》者からドルチェの出演を望む声が届くようになってきたという。

気まぐれで彼らの小さなステージを見に行けば、以前は知名度のある塔上沙良が担当するパープルカラーがほとんどだった観客席も、すっかり五色のペンライトが躍《おど》るようになっていた。

なかでもぐんと数を増やしたのが、白雪風真のピンクカラーだ。

（生意気じゃない）

おなじカラー担当として対抗《たいこう》意識が燃えると同時に、じっとりとした不安感が足もとから這《は》いあがってくる。

あしたのステージでは、唯を応援するピンクの光はどのくらいの数ゆれてくれるのだろう？

最近、他《ほか》のメンバーの色に圧倒《あっとう》されてはいないだろうか？

そう考えるとまた、胃がぎゅっと痛んだ。

（……負けないんだからっ。白雪風真にも、他のメンバーにも。だれにも！）

顔を洗って、スタジオにもどる。

ちょうど休憩《きゅうけい》を終えるタイマーが鳴った。

だが、メンバーたちはくつろいでおしゃべりをつづけたまま、だれひとり立とうとしない。

「ほら、みんななにしてるの！　時間のロスでしょ！」

きびしく声をかけると、やっとのろのろと腰《こし》が上がる。

しかし唯のほうを一瞬《いっしゅん》ちらりと見ただけで、立とうとしないメンバーもいた。

聞こえないふりに思わずカチンとくる。

「ちょっと！　おしゃべりしてないでちゃんとレッスンに参加して!!」

声を荒《あら》らげると、「でも」という言葉がかえってくる。

「あたしたち、このあと雑誌の撮影あるし、これ以上汗《あせ》かきたくないからもう終わりでいいじゃん？」

さらにイラッとした。

「これ以上汗をかきたくない？　あなたたち、そもそも汗をかくほど練習なんてしてないじゃない！　たかが雑誌の撮影とレッスン、どっちが大事だと思ってるの!?」

怒《ど》鳴《な》るように言うと、ふたりがようやく立ち上がる。

けれど、

「っていうかさ、なんで唯がそんなえらそうにしてんの？」

思わぬ反撃《はんげき》に、言葉がつまった。

疎《うと》ましいといわんばかりの視線が、刺《さ》すように向けられていた。

「センターになったから？　ひとりだけせっせと自主レッスン積んでるから？」

「つーか、うちら伸《の》びなくなったの、唯がセンターになってからじゃん。そういう責任は感じてないわけ？」

「…………」

言い返す言葉がみつからない。

「じゃあ、あたしらもう上がるから」

お先に、とそっけなく言って、ふたりがスタジオを出ていく。

のこったメンバーからも、唯には冷たい視線が注がれていた。


翌日のステージには、多めの頭痛薬を飲んで臨《のぞ》んだ。

それなのに、ひどく頭が痛い。

耳にはめたイヤーモニターからも、楽曲より耳鳴りのほうが大きく聞こえる気がする。

ステージから見る景色はいつも、暗い海の底のように思える。

すこし怖《こわ》くて、すこし息苦しい。

それがこの日は一段とひどかった。

（ねえ、どうして？）

唯はセンターで歌いながら、観客席へと視線を走らせる。

なんども、なんども。

（どうして増えないの、わたしのピンク……！）

唯を応援するのはピンクのペンライト。

それがどうしても、他のメンバーのカラーに埋《う》もれているように見えてしまう。

気のせい？　気のせいじゃない？

わからない。

スカートをひらりとひるがえしながら踊《おど》ると、色とりどりのライトが泳ぐようにぐるりと回る。

そのまま渦《うず》にのみこまれて、沈《しず》んでしまいそうな気がした。

（もっと、もっと応援してよ！　わたしのこと応援して、好きだって言ってよ！）

ペンライトの数は応援の数で、愛の数だ。

たくさんほしい。

多ければ多いほど、唯が愛されているという証拠《しょうこ》になる。

なのに。

センターになったのに、その数が伸びない。

グループの人気だって。

唯がセンターになったのに……——いや、唯がセンターになったから……？

足ががくがくと震《ふる》えそうだった。

体が重い。なんとか曲の振《ふ》りについていくのがやっとだった。

歌い終えて幕が下り、ステージからはける。
あんなに歌って踊ったのに、すごく寒くて、それなのにどっと冷たい汗が噴《ふ》きだした。
頭のなかがぐらぐらする。

おつかれ！と興奮したテンションのまま、メンバーたちが集まるのが見えた。
でも、なにか見えない壁《かべ》があるように、唯はその輪に入れない。

「――ねえ、今日やっぱり満席じゃないらしいよ」
そんな声とともに、いっせいに視線が唯を刺す。

限界だった。

ふつり、となにかが切れる感覚がして、体中からいっせいに力がぬける。
唯の意識は、そこでブラックアウトした。

Stage 6
眠《ねむり》桔《きっ》平《ぺい》
CV：るぅと
年齢 14歳
身長 155cm
血液型 A型
趣味 音楽鑑賞、天体観測
特技 記憶力の良さ
(実は運動神経もメンバー1)
長所 ストイックに努力ができる
短所 圧倒的に自信が足りない
誕生日 9月18日

stage 6

この日は学校の登校日だった。

うだるような暑さのなか学校へ行き、休み明けの試験に関する追加授業を受け、友だちとひさしぶりに顔を合わせてしゃべってから、昼に帰宅する。

その帰宅途中《とちゅう》、ドラッグストアによりながら、風真は悩《なや》んでいた。

（やっぱよくわかんねー）

目の前にならぶのは、色とりどり、一面のメイク用品の数々だ。

（リップを変えるってことはチークも変えるってことだよな？）

じゃあ、何色にすれば夏っぽくなるのか。

女装はしているが中身は完全に男の風真には、いまいちよくわからない。

（っつーかあいつ、人にダメ出ししてきたくせに、肝心《かんじん》なときに音信不通かよ）

スマートフォンを確認《かくにん》するが、やはりメッセージの返信はない。

ここ数日、なにを送っても返事がない日がつづいていた。

（俺、またなにか怒《おこ》らせたか？）

――わからない。

わからないせいか、ひどく心がもやっとしていた。

唯ははじめ、アイドルとしての風真のスタンスを完全に嫌《きら》っていた。彼女からきびしい言葉をぶつけられたりもした。

それでもつい、いらぬおせっかいをくり返してしまったのは、どうしても放《ほう》っておけなかったからだ。

（あいつ、毛を逆立てた迷い猫《ねこ》みてーなんだもんな……）

フシャー！　と毛を逆立てて威嚇《いかく》してくるけれど、どこかさみしそうで、本当はだれかになでてもらいたいと思っているような。そんな猫だ。

だからメッセージにぽつぽつと生意気な返信がくるようになったときは、そっけない野良猫《のらねこ》にちょっと懐《なつ》かれたような、へんなくすぐったさがあった。

アイドルとしての風真を否定していた相手だっただけに、認められたように思えてうれしかったというのもある。

（……ムリしすぎるタイプだから、体調崩《くず》したりしてねーといいけど）

まあ、きっと大丈夫《だいじょうぶ》だろうな、と思うことにする。

風真に一騎たちがいるように、唯にだって仲間がいるのだ。

風真よりもずっと近くで唯を見ているのだから、もし顔色が悪かったりしたらすぐに気がついてフォローしているはずだ。

「風真！」

「お、どうした？」

日《ひ》陰《かげ》を選んで歩きながら家に帰ると、この暑いなか、近所に住む一騎が外で風真を待っていた。

このあとは、あしたのハノンライブに向けたリハーサルが入っている。待ちきれないのかと思ったが、どうも様子がおかしい。

「あのさ、さっきちょっと聞いたんだけど」

「――――え？」

思わず、どさりとバッグを取り落とした。

有栖川唯が、ライブのあと意識を失って倒《たお》れたらしい。

一騎から聞かされたのは、そんな報《しら》せだった。


（ったくあいつ、やっぱムリしてんじゃねーか！）

風真は、エッグレコード社の廊下《ろうか》を急ぎ足で歩いていた。

唯はすぐに病院に運ばれて、いまは入院しているという。

意識はすぐにもどったけれど、療養《りょうよう》のためということだった。

原因は過労とストレスらしい。

すぐに見舞《みま》いに行こうと思ったが、リハーサルのあとには本社ビルに呼ばれての所用があって、すっかり遅《おそ》くなってしまった。

（——入院か……）

風真も、かつて入院生活を送っていた時期があった。

しかも両親はあのとき姉のことで手いっぱいで、風真につきっきりというわけにはいかなかった。

知らない部屋の知らないベッド。そこでぽつんと、たったひとり……。

そのうえ風真の目には包帯が巻かれ、視界はつねに真っ暗だった。

痛くて、怖《こわ》くて、さみしくて。自分がまるで、世界からたったひとり切り離《はな》されたように思えたことを、いまでもよく覚えている。

あのときのつらい入院生活をささえてくれたのは、幼なじみの一騎だった。

暗闇《くらやみ》のなか光をさがす風真の手を、いつも面会時間ぎりぎりまでにぎってくれていた。

(あいつもきっと、真っ白な病室で心細い思いをしてるんだろうな)

かつての風真のように。

自分が見舞いに行ってもただのお邪魔《じゃま》虫《むし》かもしれないが、それでも一応顔を出して、元気づけてやりたい。

そう思ってロビーに出たときだ。

ちょうど、さくら道のメンバーがふたり、ロビーのすみで立ち話をしている姿を見つけた。

　唯の様子でも聞いてみようかと思って近づいたところで、風真は足を止めた。

「完全にプロデューサーの人選ミスだよね。だいたい、動画サイトでちょっと人気があった程度のコと、正規のルートでデビューしたうちらとじゃ、最初から釣《つ》りあいが取れてないじゃん？」

　スッと、体温が下がったような気がした。

（これ、もしかして……唯のこと言ってるのか？）

　たしか、さくら道では唯だけがスカウトだったはずだ。

　他《ほか》のメンバーたちは小さいころから芸能事務所に登録をし、芸能スクールに通ってレッスンを積み、そのなかからオーディションなどで選抜《せんばつ》されたのだと聞く。

「あれじゃない？　よく言うじゃん、ヘタなほうがプロデューサーうけするって。歌もダンスもヘタなほうが応援《おうえん》したくなるかららしいよ。それに唯はほら、天涯孤独《てんがいこどく》ってやつだし、同情してもらいやすいでしょ」

「うち、動画サイトだとかネットからの拾い上げデビューっていうのが、そもそもキライだな。ずっと芸能界目指してちゃんとスクール通ってた人らのこと、いったいなんだと思って——キャッ!?」

「おっと、ごめん」

しゃべっていたふたりのあいだを、風真はわざと割って通る。

「あぶな……！　ちょっと、どこに目をつけて歩いてるの!?」

「悪かったよ。ごめんな。——でもさ、あんたらのほうこそ、いったいどこに目つけてんだ？」

「は？　意味わかんないんですけど」

ステージではきらきらと可愛《かわい》く輝《かがや》いていたアイドルたちが、ろこつに表情を歪《ゆが》める。

「そのまんまの意味だよ。有栖川唯が歌もダンスもヘタ？　ちゃんと目が二個あって、自分らのステージを客観的に見ることができたら、ぜったいそんな言葉でてこねーだろ」

風真はふたりに正面から向きなおり、まっすぐにその目を見て言った。

「歌もダンスも、有栖川唯が断トツで上手《うま》いぜ」

ドルチェはさくら道と、何度か一緒《いっしょ》に仕事をしてきた。

彼女たちのステージをそばで見ていたことも、もちろんある。

そのなかで、有栖川唯はグループの足を引っぱるどころか、しっかりとセンターとして全体をけん引していた。

一分の隙《すき》もない、完璧《かんぺき》なパフォーマンス。

あれはまちがいなく努力のたまものだ。

「ネットからデビューしたとか、オーディションからデビューしたとか、ストリートからデビューしたとか、ファンが好きだって言ってくれるパフォーマンスになんの関係があるんだ？　上手い下手になんの関係があるんだ？　そんなもん自分の努力と実力不足を正当化するための、ただの言いわけだろ」

眉《まゆ》をつり上げた彼女たちの顔が、怒《いか》りで真っ赤にそまる。

風真はこれ以上言ってもムダだと判断して、背中を向けた。

「なんなのあいつ！」

「ってゆーかだれ!?　意味わかんない！」

「あっ、ほらあれじゃん？　メイクしてないけど、女装の……」

彼女たちの声を背中に受けながら、本社を出る。

こんなことをしている場合じゃない。

苦い気持ちで、風真は走った。

（くそっ、あいつらのことばっか非難できねーじゃん。俺だって、唯に無神経なこと言っちまってた……）

以前、ダンススタジオで会ったときのことだ。

知らなかったこととはいえ、風真は唯に『親が迎《むか》えにくるのか』としつこく聞いてしまった。

そのあとも、唯が気にしているであろうことについて触《ふ》れ、無意識に傷つけてしまったように思う。

彼女を怒《おこ》らせたのは、なにも風真のアイドルとしてのスタンスばかりではなかったのだ。

（でもいまから謝るのも、なんかちがうしな……）

どうしたら、と思って頭をかいたところで、視界の先に色とりどりの花が見えた。

（花屋か）

真っ白な病室も、たくさんの花があれば、すこしはさみしくないかもしれない。

ちょうど財布《さいふ》には、新しいウィッグとメイク用品を買うために入れていたバイト代があった。

「じゃあもう行くけど、きちんと体を休めるんだよ」

「はい……」

マネージャーが、見舞いに持ってきたお菓子《かし》の箱を小棚《こだな》において立ちあがる。

きてから十分もたたないうちのことだ。

パタンと個室の引き戸が閉められると、真っ白な世界にひとりぼっちになったような、ひどくさみしい感じがする。

（感じ？　……ちがうよ、事実じゃん）

唯はマネージャーがおいて行った菓子折りを見て、力なく笑った。

唯ひとりで食べるには、ずいぶんと大きな箱だ。

きっと、お見舞《みま》いにきた友だちと分けて食べられるようになんて、よけいな親切心を働かせたのだろう。

（ホント、よけいなお世話）

唯のお見舞いにくる人なんて、マネージャー以外には存在しない。

唯に親はおらず、入院したことを知っているメンバーだって、だれひとり見舞いになんてこない。

顔を出してくれるマネージャーにしても、たったの数分だ。

彼は唯の専属ではないし、業務は多忙《たぼう》を極《きわ》める。

唯にだけかまっている時間なんてないのだ。

（宇瑠は……きてくれるかもしれないけど、連絡《れんらく》してないし）

心配をかけたくない。

それにこんなみじめな姿なんて、見せられるはずがなかった。

……なにより、

連絡をしても、きてくれなかったら？

そう思うと怖《こわ》くて、とても知らせるなんてできなかった。それが結局のところ、唯の本音だ。

宇瑠を信じていないんじゃなくて、唯は自分に自信が持てないのだ。

「……ばっかみたい」

胸のなかがひどく冷たかった。

「なんで、こんなにさみしいの……？」

もっと愛されたい。もっと認められたい。

唯はその一心でがんばってきた。

ずっとずっと、だれかに愛されたかった。

自分を見てほしかった。

アイドルになったら、たくさんの人に愛してもらえると思った。

たくさんたくさん好きって言ってもらえて、そしたらきっと、こんな性格の悪い自分でも、自信を持って生きていけるような気がした。

そんな幻想《げんそう》にとり憑《つ》かれてしまったのは、デビュー前、手に入れたばかりのスマートフォンでネットに公開した動画が、けっこう好評だったから。

好きって言ってくれる人がたくさんいて、単純に舞《ま》いあがった。

自分では自分を愛せないから。

だれかに愛してほしかった。好きって叫《さけ》んでほしかった。

だから、動画を見たスタッフからスカウトの話がきたとき、これでもっとたくさんの人に愛してもらえるなんて……そんなことを思って喜んだ。

「…………ばかみたい」

そうくり返すと、目頭《めがしら》がじわっと熱くなる。

そんなの、とんだ幻想だった。

だってほら。

さくら道の有栖川唯は、こんなに孤独《こどく》で、嫌《きら》われている。

唯はアイドルになってもならなくても、がんばってもがんばらなくても、この程度の存在だったのだ。

「…………うぅ」

自分の愚《おろ》かさを笑おうとすると、なぜかぽろりと大粒《おおつぶ》の涙《なみだ》がこぼれた。

つぎからつぎへとあふれてきて止まらない。

（もうだめ……）

ここが唯の限界だ。

唯は愛されなかった。

やっぱり孤独だった。

センターとしての重責も、唯が背負うには重すぎた。

こんな自分に自信を持つなんて、自分を好きになるなんて、できるはずがなかった。

「アイドルになんて、ならなければよかった……っ」

のどにつかえた苦しい感情をはきだすように言葉にした、そのときだ。

「そんなこと言うなよ」

耳にとどいた声に、はっと顔をあげる。

病室の戸が引かれ、肩《かた》で息をした白雪風真がそこに立っていた。

「白雪風真！　なんでこんなところに……っ！」

「つーか、まず涙ふけよ」

風真が目をそらしつつ、ハンカチを取りだして唯の頬《ほお》に近づける。

そのまま大人しくふいてもらいそうになった唯は、すんでのところで我に返った。

「なっ、泣いてなんかいませんけどっ！」

あわててゴシッと目もとをぬぐう。

恥《は》ずかしいところを見られてしまった。からかわれるだろうか？

そう思ったけれど、風真は「そっか」とだけ言い、背中にかくしていた花束を取りだしてみせた。

大きな大きな、豪華《ごうか》な花束だ。

「え、なに？」

「お見舞い」

「お見、舞い……？　まさか、わたしの……？」

「他《ほか》にだれがいるんだよ」

ぽかんとしながら、色鮮《いろあざ》やかな花束を受けとる。

名前はわからないけれど、どれもきれいな花だった。

風真はわざわざこれを手に、ここまで息を切らして駆《か》けつけてくれたのだろうか。

（どうして……？）

風真には、それこそ嫌われることしかしていない。

ろくに見もせず、知りもせず、ただスカートをはいてメイクをしているからという見た目の印象だけで、彼のがんばりのすべてを否定した。

メッセージを交《か》わすようになってからも素直《すなお》にごめんが言えなくて、そんな自分が恥ずかしくて、気まずくて……。上から目線のダメ出ししかしてこれなかった。

それなのに。

「さっきの話だけどさ。俺は、唯にアイドルでいてほしいって思う。ならなきゃよかったなんて、今までの努力をなかったことにする言葉、言うなよ」

「……あなたには関係ないでしょ」

「関係なくはないだろ。一応おなじ事務所だし……まぁ俺らはまだ付属会社所属だけど。それにおなじアイドルなんだし、おなじピンク担当だし」

風真はベッド脇《わき》のイスに腰《こし》をおろした。

目線がおなじ高さになると、唯をまっすぐに見る。

「負けたくないとも思ってる。勝手にだけどさ、目標っていうかライバルみたいにも思ってるし。唯は悩《なや》んでるみたいだけど、元気が出ないときはファンから元気を分けてもらえよ。つらいとき、必ずささえてくれるから」

「わたしのこと、やっぱり笑いにきたの？」

「え？」

風真にあたってもしょうがない。

わかっていたけれど、ずっと抱《かか》えこんでいた感情が爆発《ばくはつ》して、言わずにはいられなかった。

「仕事で見てたでしょ、わたしたちのステージ。客席で振《ふ》られてるペンライト……ピンクだけが、センターになってもわたしの色だけがぜんぜん増えないの、あなた知ってるじゃない！」

ファンに元気をもらうもなにも、こんな唯を応援《おうえん》してくれるファンなんて――。

そう叫びかけたとき、風真が怖いくらいに真剣《しんけん》な顔をして、マネージャーがおいていった菓《か》子《し》箱に手をのばした。

「おまえ、これ見たのかよ!?」

言うなり、ふたを開けて、中身を布団《ふとん》の上にぶちまける。

「ちょっとっ！　なに、して……――」

唯はぼうぜんとした。

真っ白な布団の上にぶちまけられたのは、クッキーでもショコラでも、カヌレでもない。

それは色とりどり、さまざまなデザインをした、唯あての手紙が入った封筒《ふうとう》の山だった。

「なに……これ？」

「ファンレターだろ、おまえあての。ちゃんと箱に書いてあんだろ！」

風真がふたの脇を「ほら！」と見せる。

たしかに、マネージャーの字で『唯あてファンレターの一部』『これ読んで元気出して』と書かれていた。――菓子折りではなかったのだ。

唯はいくつかの封筒を手にとった。

小さな子が一生懸命《いっしょうけんめい》に書いたのか、ひらがなが大きくなったり小さくなったりしながらならんだもの。

反対に、唯では読むのが難しいほどの達筆で書かれたもの。

男性らしいずんぐりとした力強い字で書かれたもの。

キラキラのラメ入りペンを使い、めいっぱいデコったもの。

そこには、書いてくれた相手の顔が見えるような、たくさんの『唯への気持ち』があった。

「おまえ愛されてるじゃん、こんなに。ペンライトの色が増えるとか増えないとか、だれかとくらべて多いとか少ないとか、愛ってそういうもんじゃねーだろ」

胸が、じんと熱くなる。

せっかくふいた涙がまたあふれそうになって、唯はあわててしかめっ面《つら》をつくった。

……涙なんてこぼしたら、せっかくのファンレターがぬれてしまう。

「なにガラでもないこと言ってんの。恥《は》ずっ！」

「は、恥ずっておまえなあ！」

自分で言っておいて照れたのか、赤くなった風真の顔に、思わずくすりと笑った。

すると、風真が虚《きょ》をつかれたような顔でおどろいて、唯をまじまじと見る。

「……なによ。わたしの顔になにかついてる？」

「いや…………。唯が仕事以外で笑うのとか、めずらしーなと思って」

「ケンカ売りにきたの？」

「いや」

風真はすこしだけ口ごもって、視線をゆらす。

「いつもそんなほうが、かわいいんじゃん？」

さっき真っ赤にそまったせいか、風真の顔はまだほんのりと目尻《めじり》あたりに朱色《しゅいろ》をのこしていて、唯は思わずドキリとしてしまった。


「ば、ばっかじゃないの！」

照れかくしに、ちらばったファンレターをかき集める。

風真がさっと箱を近づけてくれたので、ていねいに整えて片づけた。

……こういう、気が利《き》きすぎるところが、ちょっと憎《にく》たらしい。

「あのさ、俺、ダンススタジオで遅《おそ》くまで練習してた唯の姿に、ホント感動したんだ。売れてるようなアイドルでも、ああやってストイックに努力をつづけてる。じゃあ俺たちなんてもっともっとがんばらなきゃって、そう思えたんだ。——努力を笑うようなやつらのことは、ほっとけよ」

唯はすこしうつむいた。

風真はもしかして、唯とメンバーとの不仲を知っているのだろうか。

「たださ、ひとつ確認《かくにん》しておきたいんだけど」

「……なに」

「唯があんなに一生懸命に練習してたのって、なんのためだ？」

「なんのためって、それはもちろん完璧《かんぺき》なパフォーマンスにつなげるためでしょ」

「じゃあどうして、パフォーマンスを完璧にしたい？」

「そんなの――……」

最初にうかんできたのは、さくら道のメンバーの顔だ。

芸能スクールや養成所から選抜《せんばつ》されてきた、歌もダンスも完璧なメンバーたち。

スカウトで入った唯は、後《おく》れをとるわけにはいかないと思って、必死にがんばってきた。

「唯、おまえは今どっちを向いてる？　ステージからちゃんとファンを見てるか？　最高のパフォーマンスをするのはメンバーに見せたいからじゃないだろ。おまえのパフォーマンスを見てるのは、ファンだ。ファンに良《い》いステージを見てもらって、楽しんでもらうために練習するんだろ」

はっとした。

返す言葉がなかった。

「そこんとこ、はき違《ちが》えるなよ。ファンはいつもおまえを見てるし、いつもこうして応援してくれてるんだからさ」

そう言って渡《わた》されたファンレター入りの箱は、とても重かった。

泣きたいくらい、あたたかい重さだった。


しばらくして風真が帰ってから、唯は病室の白い天井《てんじょう》をぼんやりとながめていた。

――唯、おまえは今どっちを向いてる？

――ファンに良いステージを見てもらって、楽しんでもらうために練習するんだろ。

風真の言葉は、深く鋭《するど》く唯の胸に刺《さ》さっていた。

（いつから、こうなってたんだろう……？）


ちがう。

たぶんはじめからだ。

デビューのきっかけになった動画の投稿《とうこう》だって、そうだった。

見てくれる人を喜ばせたいというよりは、投稿するたびにもらえる反応がすべてだった。

好き。かわいい。

承認欲求《よっきゅう》を満たすため、その言葉がほしくて投稿していた。

デビューしてからは、ステージから見えるファンの数ばかり、もらえる愛の数ばかり気にするようになっていた。

こんな自分でも愛してほしいから。

自分という存在をみとめてほしいから。

唯はずっとずっと、『好き』や『愛』をもらうことばかり望んできた。

（そんなの、クレクレじゃん）

きっとメンバーにも、ファンにも見透《みす》かされていた。

唯はファンのほうを向いていないし、もらうばかりで、クレクレするばかりで、だれにも『好き』や『愛』を返したりなんてしないって。

ファンの数が伸《の》びないなんてとうぜんのことだった。

ファンは唯を見ているのに、唯はファンのほうを見ていないのだから。

唯はたまらなくなって、箱ごとぎゅっとファンレターを抱《だ》きしめた。

胸がじんとあたたかい。

これは、そんな唯でも見捨てずに、わざわざ手紙を書いて送ってくれた、ファンからの真心そのものだ。

いまどき指一本でかんたんに気持ちをつぶやくことだってできるのに、わざわざ手間をかけて、唯のもとに気持ちを伝えようとしてくれた。

（ありがとう……）

はじめて、唯は素直《すなお》にそう思った。

それから、倒《たお》れたさいに頭を打っていたこともあり、唯の退院はだいじをとって三日後となった。

マネージャーに持ってきてもらった小さなバッグ、ファンレター入りの箱、それと風真にもらった花束を手に、病院をあとにする。

花の名前はけっきょくわからなかったけれど、長持ちする方法を検索《けんさく》して花瓶《かびん》に活《い》けておいた。それを退院の際に、看護師さんがつつんでくれたのだ。

外に出ると、焼けつくような日差しとアスファルトからの照り返しが容赦《ようしゃ》なく襲《おそ》ってくる。

唯はすこし歩いてから、日陰《ひかげ》で休んだ。

取りだしたスマートフォンには、報道で唯の入院を知った宇瑠からの怒濤《どとう》のメッセージがならんでいた。

「宇瑠って、けっこう心配性《しょう》……」

くすりと笑う。

必死に唯を気づかってくれているのが、その文章からわかる。

（わたし、ホントなにも見てなかったんだな）

心配してほしかったくせに、お見舞《みま》いにきてほしかったくせに、それが叶《かな》わないことを恐《おそ》れて連絡《れんらく》できなかった。傷つくことが怖《こわ》かった。

宇瑠はこういう子だって、ちゃんと知っていたはずなのに。

宇瑠に大丈夫《だいじょうぶ》だと返事をしてから、こんどは風真とのメッセージ画面をひらく。

風真からは退院おめでとうという言葉、そして祝いのスタンプが送られてきていた。

この返事を入力するのに、唯はしばらく迷った。

ドルチェはきのう、ハノンのライブでバックダンサーをつとめていた。唯も詳《くわ》しくは知らないのだが、そのさなかにメンバーによる大きなダンスミスがあったらしいのだ。

そのことで、ネット上でいろいろと責められているようだった。

(退院おめでとうって、そっちはそれどころじゃないじゃない……)

ただ、このことを槍玉《やりだま》にあげて騒《さわ》いでいるのはハノンファンのほうではなく、どうやら以前から風真を叩《たた》いていたアンチ風真、アンチドルチェのアカウントがメインのようなのだ。

(あいつのことだから、責任感じてそう)

自分に向けられていた悪意が、メンバーのほうへも向けられてしまったことに。

そして、それでもきっと平気な顔をして、メンバーやまわりの人たちにおせっかいばかり焼いているのだろう。唯に対してもそうだったように。

（ほんと、ばかなんだから）

責任感が強くて、まっすぐで、おせっかいで。

こうして心配かけまいと、平然としたメッセージを送ってくる。自分のつらいことは簡単には吐《は》きださないで。

でも本当はきっと、白雪風真はまわりが思っているよりも強いわけじゃない。

そんな気がする。

唯はあれこれと考えた末、

〈お見舞いどうも〉

〈なにかあったら話聞く〉

〈花のお礼だから〉

と返した。

送ったあと、カタコトすぎたかなとも思ったけれど、あんまり長々とした文章で送るのもおかしいような気もする。

風真からの返事には、やや時間がかかった。

花束をながめながら待ち、メッセージの着信音でそれを開いておどろいた。

〈急で悪い。桔平がいなくなった〉

〈もし見つけたら教えてほしい〉

(桔平って、あの緑頭の子!?)

そういえば、きのうのライブでミスをしたのが、その眠桔平というメンバーだったはずだ。

責任を感じて耐《た》えきれずに逃《に》げ出したのだろうか。よくあることだ。


わかったと返して、歩き出す。

そして、電車に乗ろうと駅前ロータリーについたときだ。


(――うん?)

足早に行きかう人たちが、ぱらぱらと足を止めている場所があって、目をこらす。

どうやらストリートパフォーマンスを披露《ひろう》している少年がいるようだった。

音楽をかけながら、たくさんの視線を前にしてダンスを踊《おど》っている。

(うまいけど、あれは緊張《きんちょう》しすぎ)

冷たい視線にさらされることになれていないのだろう。

ダンス自体はうまかったが、それだけだ。雰囲気《ふんいき》が硬《かた》くてだれも惹《ひ》きこめないまま、せっかく足を止めてくれた観客を手放してしまう状態だった。

唯も横目にしながら通り過ぎようとして、「ん？」と思った。

あわてて足を止める。

（……あの子、もしかして!?）

マスクをつけた、小柄《こがら》な緑頭の少年。

以前、WEB発のクイズ番組で対決したことがあるから、まちがいない。

ドルチェの小動物系アイドル、眠桔平だ。

（こんなとこでなにしてんの!?）

唯は遠巻きに、街路樹のかげから様子をうかがう。

桔平は炎天下《えんてんか》、汗《あせ》を流しながら懸命《けんめい》にダンスをつづけていた。

ここは駅のロータリーだ。ファンだけが集まったステージとはちがい、桔平に向けられているのは無関心という冷たい反応、好奇《こうき》や嘲笑《ちょうしょう》の視線ばかり。
いごこちのいいものとは到底《とうてい》言えない環境《かんきょう》で、それでも休むことなく踊っている。

そっか、と思う。

これはきっと、度胸をつけるための訓練だ。

どんな視線、どんな雰囲気のなかでもパフォーマンスが発揮できるようになるための。

（――逃げたわけじゃなかったんだ）

自分の失敗を、弱点を、なんとか克服《こくふく》するための時間がほしかっただけなのだ。

唯は桔平の居場所を風真にしらせ、彼らが合流するまで見守ることにした。

（暑い）

荷物を持つ手に汗がにじむ。

ただ立っているだけの唯でさえそうなのに、視線の先で、桔平は必死に踊りつづけている。

（気弱そうに見えてけっこう根性《こんじょう》あるんだ、あの子）

でも熱中症《ねっちゅうしょう》とか大丈夫だろうか？

そんな心配がこみあげてきたころ、ようやく風真が駆《か》けてくる姿が見えた。

（緑頭の子、がんばったじゃない）

ほっとして、そのままこっそり離《はな》れようとする。

ドキリとして足を止めたのは、風真と一緒《いっしょ》に塔上沙良もやってきたからだ。

いかにも性格に問題がありそうな沙良が、完全なる仏頂面《ぶっちょうづら》で歩いてくる。

（もしかしたら、すこしもめるかも……？）

そんな不安が胸をよぎった。

これがさくら道だったなら、一悶着《ひともんちゃく》くらいはぜったいにありそうだ。

正面を切っての大戦争とはならなくても、チクチクとした批判はさけられない。それに耐えきれなくて言い返したり、逃げたりなんてしようものなら――。

（どうしよう……）

もしケンカや言いあいになるようなら、ここで唯が見ていたことを話そうか。桔平は逃げたわけじゃなくて、がんばっていたんだって。

部外者なのに、おせっかいすぎると怒《おこ》られるだろうか。

ハラハラしながら見守る先で、三人が合流した。

けれど、

「……え」

唯はきょとんとした。

桔平のもとへ駆けつけた風真と沙良は、なぜか桔平にまざってダンスを披露しはじめたのだ。

もめる気配どころか、なんだか三人ともとても楽しそうに見える。


なんだ、と拍子《ひょうし》ぬけして、肩《かた》の力が一気にぬけた。

（よかった……）

同時に胸がほんわかと温かくなった。

（ちょっと、うらやましいかな……なんて）

ゆっくりと離れながら、そんなことを思う。

仲よく、けれどもお互《たが》いを意識しながら挑戦《ちょうせん》的にダンスをする三人の姿は、唯がスカウトをうけた当時に夢みていた、理想のアイドルグループの姿そのもののような気がした。

さくら道も、ああなれたら。

そんなふうに思う。


（でも、わかってる。今さら変えるのなんて、簡単なことじゃない）

さくら道は結成初期のころからああいう雰囲気だ。

それに、他人のことなんて、そう簡単には変えられない。

だから。

(……だから、自分のことから、まずはじめてみようかな……)

難しいかもしれない。

でも、すこしずつ。

一歩ずつなら変えていけるかもしれない。

唯のまぶたの裏には、楽しそうに踊る三人の姿がいつまでものこっていた。

Stage 7
豆《まめ》井《い》戸《ど》亘《ぎ》利《り》翔《しゃ》
CV：いそろく
年齢 15歳
身長 175cm
血液型 B型
趣味 ダンス・愛犬と戯れること・筋トレ
特技 ダンスの完コピ
長所 素直で明るく、積極的
短所 熱くなりすぎて周りが見えなくなることが多い
誕生日 8月9日

stage 7

「夏休みもあと少しかあ」

朝からのダンスレッスン、ボイストレーニングを終えて、一騎たちはメンバーそろってドルチェ部屋でお昼休憩《きゅうけい》をしていた。

ここで昼食をとって体を休めたら、また午後の二時からレッスンがはじまる。

そして夜には単独《ワンマン》ではないけれど、ちょっとしたライブが入っていた。

一騎がカレンダーをながめてため息をついていると、サンドイッチの袋《ふくろ》を開けながら風真が隣《となり》に座る。

「なんか忙《いそが》しくてあっという間だよな。一騎は受験だけど、夏期講習とか受けなくてよかったのか？」

「うん。レッスンとかドルチェの活動とかでスケジュールがつまってるせいか、かえってだらけないでちゃんと勉強できたよ。わからないところは桔平が教えてくれるし。ね？　桔平」

「はい。僕なんかでよければいつでも」

お弁当を食べていた桔平がにこっと笑ってくれる。

桔平のレクチャーは、その辺のテキストなんかよりもよっぽどわかりやすい。

「人のこと心配してっけどよぉ、風真オメーは宿題終わってんのかぁ？」

ギリシャがカップ麺《めん》をズビズビと食べながらやってきた。

「あとすこしってとこかな。学業と両立するって母さんと約束して――ってオイッ！　そのカップ麺はだから俺のだっつの！　名前書いてあんだろーが！」

「わりぃわりぃ。オレっち自慢《じまん》のこの肉体を維持《いじ》すんのには、焼肉弁当だけじゃ足りねぇのよ」

「でもギリシャくん、カップ麺はほとんど糖質と脂質《ししつ》なので筋肉にはなりませんけど……」

「ん？　トーシツ、シシツ？」

「お肉や魚、大豆などが筋肉のもとになるたんぱく質で……」

桔平がギリシャにまじめに解説をはじめ、風真はカップ麺の箱にガムテープを貼《は》りに行く。

沙良はゼリータイプの栄養食でさっさと食事を済ませたあと、アイマスクと耳栓《みみせん》をつけて昼《ひる》寝《ね》をしていた。

（本当に、いつも通りのドルチェだな）

フルーツサンドをかじりながら、一騎はそんなことを思う。

いつも通り、仲がよくてわいわいとした雰囲気《ふんいき》の仲間たち。

ハノンライブの翌日、沙良に怒《おこ》られた桔平がいなくなったと聞いたときにはどうなることかと思ったけれど、その日のうちにしっかりと仲よくなって帰ってきた。

アイドルグループとしても、しっかり成長できてきていると一騎は思う。

ネット上で叩《たた》かれ、つらい思いをメンバーには隠《かく》しながらがんばってきた風真の努力も実を結び、最近では応援《おうえん》する声がぐっと増えてきている。

ライブにきてくれるファンの人数だって、着実に増えてきた。

そのおかげもあってか、八月末の音楽フェスティバルではメインステージではないけれど、新人アーティスト用のAステージで締《トリ》めまで任されることになり、みんな緊張《きんちょう》しつつも意欲《いよく》を持ってレッスンにはげんでいるところだ。

(ただ……)

一騎は、ガムテープでカップ麺の箱をぐるぐる巻きにする風真を見つめた。

最近、風真がちょっと遠くなったような気がするのだ。

べつに、ケンカをしたわけじゃない。

小さいころから今までと変わらず、一騎は風真のそばにいる。

いつも通りだ。

それなのに。


「おぉ！　きのうの歌番組、録画してあんじゃねぇか。だれだ気が利《き》くやつ、さんきゅ～」

ギリシャがテレビをつけ、録画欄《らん》を見て声をあげる。

「あーそれ俺」

答えたのは風真だ。

「ギリシャは特別感謝しろよ。せっかくだから、休憩しながらみんなでみよーぜ。ライバル研究な」

「感謝感謝。で、沙良はどーするよ？　起こすのかぁ？」

「あいつはいいよ。起こして起きるようなやつじゃないだろ。他《ほか》のアイドルに興味もないみてーだし」

と言いつつ、一応「オイ沙良、歌番組見るか？」ときちんと声をかけるあたり、本当に風真は優《やさ》しいとつくづく思う。

「へ～、有栖川唯、復帰後はじめての出演だってよ」

歌番組のオープニング一曲目を飾《かざ》ったのは、さくら道だった。

そろいの制服を着た少女たちが、キレのあるダンスとともに透《す》きとおった歌声を披露《ひろう》する。

有栖川唯がセンターになったのと同時に出された曲だ。

くるりとスカートをひるがえし、センターで踊《おど》る唯のサラサラした黒髪《くろかみ》がゆれる。

カメラがぐっと寄ると、唯はにっこりと笑《え》んで親しげに手をふるようなしぐさをした。

「お？　めずらしんじゃね？　有栖川唯がカメラにアピール入れるとかよぉ」

「たしかにそうだね。オレ、はじめて見た気がするよ」

ギリシャの言葉に一騎もうなずく。

さくら道は一糸乱れぬ完璧《かんぺき》なパフォーマンスが売りのアイドルグループだ。

なかでもとくに有栖川唯は、番組の収録などでは愛想《あいそ》よくニコニコしていても、いざステージに上がるとスイッチが入ったようにクールになる。

他のメンバーを推《お》すファンからは、唯はクールすぎて人形のようだとすら言われていたくらいだった。

しかし、画面の中の唯はこれまでの評価とあきらかにちがって見える。

なんだかとても楽しそうにさえ見えた。

「かわいい、ですね」

ちょっと照れたように枯平が言う。

風真がなぜか誇《ほこ》らしげに胸を張った。

「やっぱ、こっちのがいいんじゃん」

「……風真？」

はっとして、幼なじみの横顔を見つめる。

その顔は、一騎が知る風真のどんな表情ともちがって見えた気がした。

「唯がセンターのさくら道、まだまだ伸《の》びるよな」

「うん……そうだね」

なぜか胸の奥がざわざわとして、落ちつかない。

一騎はそっとまぶたを伏《ふ》せた。

（やっぱり、なんだか風真が遠い気がする……）

となりに座っているのに、なぜなんだろう。

そう思いながら、一騎は左耳のピアスにふれた。

左の片方にだけつけるピアスには、「守る人」という意味があるという。

小さいころ、家庭に問題を抱《かか》えてよく泣いていた一騎をささえ、元気づけてくれたのが風真だった。

だから、今度は逆に風真を守れるような人になりたい——そういう思いで、中学入学にあわせて穴を開けた。

風真はああ見えて案外繊細《せんさい》なところがあって、怖《こわ》がりで強がりだと知っているから。

そんな風真を一番近くで守ってささえたくて、こうしてここまでついてきた。

けれど——。

ふと、思う。

風真と一騎の関係は、幼なじみだ。

大親友だと言ってもいい。

でも、それだけだ。それ以上でも以下でもない。

（オレ、いつまで風真のそばにいられるんだろう……？）

急激に胸のなかに濃《こ》い霧《きり》がたちこめたような、もやもやとした感じがした。

ドルチェも出演する夏の音楽フェスティバルは、八月の末に２ＤＡＹＳで行われる。屋内外あわせてＡ、Ｂ、Ｃ、三つのステージがそれぞれ同時に稼働《かどう》し、また、広大な敷地《しきち》内では物販《ぶっぱん》コーナーやアーティスト考案のコラボ飯の屋台もならぶ。

ドルチェが二日目のトリをつとめさせてもらうのが、新人アーティスト用のＡステージだ。

メインとなるのは人気アーティストがそろい踏《ぶ》みのＢステージで、そちらでは『ＬＩＰ《リップ》×Ｌ《リ》ＩＰ《ップ》』がフェス全体の大トリをつとめることになっている。

まさに朝から夜まで、お祭り騒《さわ》ぎのフェスティバルだ。

本番二日前のこの日、ドルチェのメンバーは昼すぎに会場入りをして、まだあちらこちらであわただしい設営が行われているなか、大型送風機の前で五人並び、リハーサルの順番を待っていた。

「ボク思うんだけどさ、真夏にこの衣装って地獄《じごく》じゃない？」

死にそうな顔でぐったりとしながら、沙良が言う。

ヒマなのに寝《ね》ていないのはめずらしいが、暑すぎてそれどころではないのだろう。

「まあな。一応薄《うす》くつくられてはいるんだけど、たしかに暑いよな」

「君はいいよね、スカートだからまだマシで。この首のファーとか手袋《てぶくろ》とか、事務所は正気なの？」

「俺よりギリシャだろ、涼《すず》しいのは。上半身裸《はだか》だし」

「んなことねーぞぉ、ヅラが蒸《む》れて暑《あち》ぃ」

「外せば？」

沙良が冷たく言い、自分の上着からファーをひきはがそうとする。

「まてまて衣装を壊《こわ》すなって！」

風真がそれを止めていると、スタッフと打ち合わせをしていたマネージャーがようやくもどってきた。

「うわぁ、みんな汗《あせ》だくだねぇ。っていうか、上着とか手袋、今回はいらないって伝えておくの忘れてたよ。ごめんごめん」

「……」

　みんなの冷たい視線がいっせいにマネージャーを突《つ》き刺《さ》した。

「みんなごめんってば……。あ、でもギリシャは脱《ぬ》がないでね。半裸《はんら》になっちゃうから」

「べっつにいいだろぉ半裸でも！　っつーかむしろ全裸《ぜんら》でもよくねぇ？」

　ぎゃあぎゃあわめくギリシャの脇《わき》で、桔平が静かにスマートフォンをながめている。

　目を丸くしているのでどうしたんだろうと思っていると、視線に気がついた桔平が画面を見せてくれた。

「すごいです。去年の総動員数、見てください」

　桔平が調べていたのは、去年の音楽フェスにおける総動員数だった。

　その規模に、風真もぎょっとする。

「マジか！　この人数だと埼玉《さいたま》のアリーナとか超満員《ちょうまんいん》にできるじゃん。しかもなんだよ、今年はそれより伸びる予測って」

「二日の合計ですけど、それでも僕たちだけではとても集められない人数ですね」

「え、なになに？」

　一騎やギリシャも集まってくる。

　画面を見せると、ふたりともやはりおなじように目を丸くした。

「すごいね……。なんかオレ緊張《きんちょう》してきたよ」

「スッゲェな！」

「ああ。でも俺はチャンスだと思う」

風真が言うと、桔平が胸の前で小さなこぶしをつくってうなずいた。

「そうですね。せっかく僕たちが歌っているあいだ、メインステージのBは調整時間で稼働していないんですし」

桔平の言うとおり、ドルチェのトリの時間、メインステージのスケジュールは調整用の空き時間となっている。

きっとたくさんの人がAステージを見にきてくれるだろう。

「なぁみんな、やるからには今までで一番のパフォーマンス、見せてやろうぜ。ドルチェのことを知らない観客を巻きこんで、最高に盛りあがるステージにするんだ！」

それから、機械トラブルなどがあって時間が押し、ドルチェがステージに呼ばれたのは夕方になってからのことだった。

「マネージャー、スタッフさんがセットリスト出したかだって！」

「え、あぁ、まだだごめん！　今行く！」

風真が声をかけると、ワイシャツをじっとりと汗でぬらしながら、マネージャーが走る。

入念な機材と照明の確認《かくにん》作業が行われ、それからようやく全体の音出しに入る。

「お～い風真ぁ！　一曲通してみて、イヤーモニターの確認するってよぉ！」

「わかった！」

風真はイヤーモニターを耳にはめ、Aステージにあがった。

イヤーモニターとは直接自分の歌声や、調整された演奏音などを聞くために耳につけるものだ。ここでは実際に音楽を流したり歌ったりしながら、その音量を本番に向けて調節する作業を行う。

音出しに使われたのは、デビュー曲とならんで人気の『イロドレ』だ。

この曲は、一騎の歌唱とともにスタートする。

一騎から沙良へ、沙良から桔平へ、桔平から風真へ、風真からギリシャへ。

つぎつぎにパートが引き継《つ》がれ、そして盛りあがるサビへと入る。

本番同様に歌い、縦横無尽《じゅうおうむじん》にステージを駆《か》けまわりながら、風真は高いステージの上から観客席を見晴るかした。

夕焼けにそまった半屋外のステージ、そして客席。

とても壮観《そうかん》だった。


（Aステージ、満席なら何人入れる？　どれくらいの人数が、俺たちの歌とダンスを見てくれる？）

どこまでも届くように歌声を響《ひび》かせながら、胃のあたりがチリチリとする。

本番への期待とともに、緊張感《きんちょうかん》がどっと押し寄せた。

足がすくみそうになる。


（……チャンスだって言ったの、俺なのにな。すっげーカッコ悪《わり》ぃじゃん）

ここは、今まで立ってきたどんなステージよりも広い。

それに今回見にくるのは、ドルチェのファンばかりではない。

　ドルチェの名前すら聞いたこともないような観客も、たくさんくるだろう。

……その中にはもしかしたら、風真のこのスカート姿を受け入れてくれない人だっているのかもしれない。

そう思うと、さらに胃がぎゅっとしぼられるような感覚がした。

（くそ、ダメだ。もっと、もっと笑顔《えがお》で……。もっと……）

きらきらと汗が飛び散る。

風真の緊張とは裏腹に、夕陽《ゆうひ》を反射するそれがとてもまぶしくてきれいだった。

視線を夕焼けへと向けた風真は、ドルチェのステージをじっと見ている人影《ひとかげ》をみつけて目をとめた。

広い観客席の、ずっとうしろだ。

まぶしい夕陽を背にして腕《うで》を組み、どこか怒《おこ》ったようにこちらを見ている。

顔は影《かげ》になっていて、よく見えない。

けれどそのシルエットだけで、風真にはだれなのかわかった気がした。

きっと、唯だ。

なにやってるの！　と叱咤《しった》されたような気がして、自然と笑みがこぼれる。

（ライバルの前で、カッコ悪いとこなんて見せらんないよな）

負けてられない。
（届け、俺の歌声！）
あそこで見ているライバルに。
当日わざわざ足を運んで見にきてくれるファンに。
はじめてドルチェを見るみんなに。

そのずっとずっと向こうまで、みんなが元気になるような歌とダンスを披露《ひろう》しよう。
初見の人でも好きになってもらえるように、めいっぱいのファンサをしよう。

（イロドレ　鮮《あざ》やかな個性！）
ドルチェの個性あふれるステージを、みんなに見てもらうんだ。

そしてむかえた、二〇××年八月末。

音楽フェスティバルは天候にも恵《めぐ》まれ、事前の予測通り、今年はこれまでの開催《かいさい》のなかでももっとも多い入場者数を叩《たた》きだし、大盛況《だいせいきょう》のうちに二日目の終盤《しゅうばん》を迎《むか》えた。

「緊張するけど、がんばろうな！」

会場入りをした風真が、みんなに円陣《えんじん》をよびかける。

輪になって、手をさしだした。

一番初めに手を重ねてくれたのは桔平だった。

「はい。あの、ドルチェを知らない人にもファンになってもらえるように、がんばります！」

桔平の細い手の上に、ギリシャのごつごつした手が重なる。

「朝からバッチリ筋肉あったためてきたぜぇ！」

そこにしぶしぶ重ねられたのは、沙良の手だ。

「まあ、勝負どころだよね」

最後に一騎が緊張した面持《おもも》ちで、手をのせた。

「そうだ、みんなで手のひらに馬って書いてのみこもうよ！」

「だからそれは足が速くなるおまじないだってば！」

「あれ、そうだっけ」

「ったく一騎はー」

笑いがこぼれる。

「じゃあかけ声は、『やるぞ、やるぞやるぞー』な」

「いや、それなにかのパクリでしょ……」

「ふつうに『エイエイオー！』でいいんじゃない？」

という、一騎の案を採用することにして、

「じゃあ行くぞ、せーの！　エイエイ――」

オー！　と、叫《さけ》ぼうとしたときだ。

「みんなちょっと聞いてくれ！」

マネージャーが控室《ひかえしつ》に飛びこんできた。

「大変だ。さっきスタッフから聞かされたんだけど……！　今日、サプライズでゲストが入るらしい！」

「サプライズゲスト？」

みんなが、「へー」という顔をする。

眉《まゆ》を寄せたのは沙良だった。

「マネージャーがそこまで焦《あせ》ってるってことは、ボクたちドルチェに関係があることなんだね？」

「うん。今日のタイムテーブルを見てほしいんだけど」

そう言って紙をひろげる。

A、B、C、三つのステージそれぞれで、何時何分にどのアーティストが出演するかが書かれている表だ。

「ドルチェがトリをつとめるのはAステージ。こっちに変更《へんこう》はないんだけど、問題はBステージのほうで……」

いやな予感に、メンバー全員が押し黙《だま》る。

そしてやはりマネージャーが指さしたのは、Aステージでドルチェがトリをつとめるあいだ、調整時間として稼働《かどう》しない予定となっていたBステージの枠《わく》だった。

「ここに、サプライズで出演するシークレットゲストがいるらしい。なんでも実際に出演できるかどうかはわからなかったらしくて、念のため調整時間として空けておいたそうなんだけど」

「あの、それで……どのアーティストさんが出演するんでしょうか？」

桔平がたずねると、マネージャーはとても苦い顔をする。

「わからない。ただ、開始時間は向こうのほうが五分早い。それに人気アーティストを集めた

Bステージだ。そこでサプライズとしてLIP×LIPの前にもってくるくらいだから、それに見合うくらいのアーティストだと思っていい」

「つまり場合によっては、俺たちのステージからも観客が流れていっちまうかもしれないってわけか……」

風真が言うと、桔平が小さく震《ふる》えた。

「ステージに出たら客席がガラガラ……なんてことになったらどうしましょう……。あ、いや、ごめんなさいなんでもないですっ」

視線を交《か》わしあったメンバーみんなの表情は硬《かた》い。

サプライズで登場するシークレットゲストの情報。それは、大きな期待を胸に会場入りしたドルチェにとって、出鼻をくじかれるような、まさに寝《ね》耳《みみ》に水の話だった。

そこからの空気は重苦しかった。

ギリシャは変なテンションで冗談《じょうだん》を言ったりと、場を明るくしようとしているようだったが、とにかく空回り。

沙良は無言で寝《ね》てしまい、桔平や一騎はお手洗いに行くと言ってなんども席を立った。

（馬、馬、馬、人、人、人）

風真は手のひらに文字を書いてはのみこんだ。

控室の中まで、今ステージに立っているアーティストの演奏と歌声が聞こえる。

新人ステージとはいえ、どれも聞いたことがある歌、曲ばかりだ。

どっと響《ひび》く歓声《かんせい》に、緊張《きんちょう》が増す。

（俺たちがトリで、本当によかったのか……？）

自分たちの今の実力で、今の人気でトリだなんて、重荷すぎたんじゃないだろうか――そんな弱気なことまで胸をよぎる。

枯平が言ったように本当に、ステージに飛びだしてから見えるのが、がら空きの客席だったなら……。

（だめだ、そうやってネガティブなことばかり考えてたら！）

そう思って、風真はスマートフォンを手にとった。

今日の音楽フェスを楽しんでくれているみんなのコメントでものぞいて、元気をもらおうと思ったのだ。

――だが。

〈二日目、トリに男の娘《こ》とか出てくるらしくてマジウケる　#音楽フェス〉

目に飛び込んできたコメントに、一瞬凍《いっしゅんこお》りついた。

（……気にするな。気にするな）

落ちつこうと深呼吸をくり返して、他《ほか》のコメントに目を向ける。

けれどなぜか、あふれる楽しげな感想のどれも、目がすべってしまって頭に入ってこない。

「よしみんな、そろそろ着替《きが》えてしまおうか」

マネージャーがそう声をかけ、ハンガーラックから衣装をとりだした。

「はい、ギリシャ。ギリシャはベストも着てね。はい一騎、桔平、これは沙良だね。あとは―――……あれ？」

マネージャーの顔色が変わる。

「おかしいな……。ない、ないぞ……こっちのラックにも、ない……。なんでだ⁉　風真の衣装がない！」

「え？」

さっと血の気が引いた。

衣装がない？

「うそだろ？」

かすれた声しか出なかった。

しかしマネージャーやメンバーたちも、駆《か》けずり回ってさがしてくれたが見つからない。

衣装だけでなく、簡易ドレッサーに置いてあったメイクポーチもなくなっていた。

マネージャーがスタッフに確認《かくにん》してくれたところによると、ラックやドレッサーは共用のため、すでに出番を終えて撤収《てつしゅう》したグループがまちがえて持っていったのかもしれないとのことだった。

「マジか……どうすんだよマネージャー」

めずらしくおろおろした顔でギリシャが言う。

そのギリシャの顔を見て、マネージャーが「そうだ！」と手を打った。

「たしか車のなかになら一枚あるぞ！　前にギリシャが膝《ひざ》のあたりをやぶっちゃったやつだけど、それなら」

「いや、そんじゃあダメだろ。風真はスカートなんだしよぉ」

「だ、だよね……」

マネージャーがふたたび頭を抱《かか》える。

みんなが心配そうな顔で風真を見ていた。

(——笑えよ、俺)

風真は自分自身にそう言い聞かせる。

ぎゅっとこぶしをにぎり、顔に強引《ごういん》に笑《え》みをつくる。

(こんな時こそ、みんなを元気にする笑顔だろ!)

笑顔なんて、簡単だ。

ずっとずっと握手《あくしゅ》会でも、ハイタッチ会でも、ステージでも披露《ひろう》してきた。

……ただ今のこれは、いつもとちがってムリにつくった笑顔だというだけで。

「マネージャー、俺そのズボンでいいよ。とってきてくれる？　ちょっと大きいかもしんねーけど」

「風真!?」

「みんなもそういう顔すんなよ。しかたねーじゃん？　幸いほら、メイクはバッチリしてあるし、ウィッグもつけてある。大丈夫《だいじょうぶ》」

　大丈夫、は自分にも言い聞かせる言葉だった。

（姉ちゃんだって、ズボンはかなかったわけじゃねーもんな……）

　ただ、ステージではく男物のズボンと女物のそれは、決定的になにかがちがう。

　デザインがとか、サイズがとか、そういう問題以前に、風真のこれまでつらぬいてきたスタンスを決定的に壊《こわ》してしまうような、そんな感じがした。

「風真、本当に大丈夫なの？」

　一騎が「そういう顔には見えない」という目で、風真をのぞきこむ。

「大丈夫。他に方法がないだろ。どんなカッコしてても、最高のパフォーマンス見せてやるよ」

「そっか……。風真がそういう決断をしたのなら、オレは応援《おうえん》する。どんな決断でもオレはいつでも一番に風真のこと応援してるよ」

　励《はげ》ますように、ぎゅっと手をにぎってくれた。

　一騎はいつも、こうして風真をささえてくれる。

「ありがとな、一騎」

「じゃあ、かわりのズボン急いで車から取ってくるから!」

マネージャーが控《ひか》え室を出ようとした、そのとき。

「待って!」

立ちふさがった人物がいた。

「唯……おまえ、なんでここに?」

サラサラのショートボブを流れる汗《あせ》で顔にはりつかせて、ゼエゼエと肩《かた》で息をした、有栖川唯だった。

唯はそのまま足音荒《あら》く風真につめよる。

自分たちのステージを終えてそのまま駆けつけたのか、ステージ衣装のままだった。

「これ、使って!」

気圧《けお》されて軽くのけぞる風真に、唯は手にしていた物をつきつけた。

風真もみんなも、あ然としてそれを見つめる。

「スカート……?」

唯が持ってきたのは、一着のスカート、そして小さなメイクポーチだった。

「ドルチェがAステージのトリだっていうから、いったいどんな顔して震《ふる》えてるかと思って見にきたの！　……でも、衣装がないって言ってるのが聞こえたから……その、借りてきた。色も似てるし、これなら何とかなるでしょ」

「借りてきたって、どこから」

「メ、メンバーの私服から！　ちょうどみんな、こういうひらひらしたの着てるから」

「メンバーから……？　でもおまえ、メンバーとは……」

仲がそんなによくはなかったはずだ。

（それなのに、わざわざ借りてきてくれた？　俺のために？）

おどろく風真の前で、唯はキッと目をつり上げた。

「しっかりしなさいよ、白雪風真！　しかたがないから男物でもいい？　ばっかじゃないの。いいわけない！　ドルチェの白雪風真がメンズ衣装でステージに上がったら、そんなのもうドルチェじゃないじゃない！」

怒《おこ》った顔で、それでも頬《ほお》をすこし赤くして、唯は言う。

「それに、あんたのことずっと応援してきてくれたファンにだって失礼！　ファンのことを一番に考えないなんて、そんなの白雪風真じゃない！」

冷たく凍《こご》えていた血液が、どっと熱を持って体をめぐりはじめたような感覚がした。

（そうだ。……そうだよな）

唯が持ってこなくても、自分で似たスカートをさがして借りてくるという手もあった。

手分けして、みんなにそれを手伝ってもらうという方法も。

他《ほか》にだって、冷静に考えればピンチをしのぐ方法はいくらでもあったはずだ。

なのに、なにひとつあがこうともしないまま、男物の衣装でステージに上がろうとした。

それはきっと、心が弱っていたからだ。

どこかで、衣装がないというトラブルを口実にして、批判されることから逃《に》げようとしていた。

シークレットゲストのうわさにすくみあがり、なおかつ、直前にあんなSNSのコメントを見たりしたから。

心の傷をすこしでも小さくしようと、無意識に逃げる自分がいた。

（ありのままの俺の姿を……今つらぬいているスタンスを、大好きだって言って応援してくれてるファンがいるってのに！）

唯が言うように、ホントばかだった。どうかしていた。

ぱんっと自分の頬をはたいて、勢いよく立ちあがる。

「ありがとな！　唯！　俺このスカートで——」

「さっさと座って！」

「え？　えぇっ？」

せっかく立ったのに、ドンと肩を押されてイスにもどされる。

「まだ終わってない！　そんなあぶらギトギトのメイクでステージに立つとかありえないからっ！」

「あ……あぶら……」

絶句する風真をムシして、唯は風真の顔にべたべたとあぶらとり紙を貼《は》りつける。

それから、崩《くず》れたメイクをていねいにステージ用へと直してくれた。

「これ、唯のメイク道具？」

「そう」

「そのリップの色が夏のトレンド？」

「そう。ほら顔あげて」

唯がリップを手に、風真のあごを軽く持ちあげる。

「あ、でもまずいよな。間接キス……」

「んなわけないでしょっ!!」

風真が言うと、唯は真っ赤になって怒った。

リップの先をこれでもかというほどぐりぐりと手の甲《こう》でぬぐってから、風真のくちびるにのせる。

（あ……）

冷たいリップが触《ふ》れる瞬間《しゅんかん》。

間接キスではないのに、なぜだかすこしだけ胸がドキリとした。

「なに？」

「いや……なんでもないけどさ」

「けどさってなんなの⁉」

「唯はすぐにそうやってぷりぷり怒る」

「はあ⁉」


怒るけれど、それは照れかくしだったりもして。

（そういうとこがけっこうかわいいかもな、なんて……）

言ったらきっと、顔を真っ赤にして怒るのだろう。

だからそう思ったことは、風真だけのひみつだ。


「――みんな、心配かけてごめんな！」

出演の瞬間がせまり、ステージのそでへと移動した風真はみんなに声をかけた。

「いいってことよ！」

ギリシャがばしんと背中を叩《はた》いてくる。

「これ、もう一回ちゃんとやりませんか？」

そう言ってスッと手をさしだしたのは桔平だった。

そこへ、みんながほとんど同時に手を重ねる。

風真はみんなの顔を見まわした。うかぶのは、大きな期待とすこしの緊張《きんちょう》だ。

「よしっ、ずっと応援《おうえん》してくれてるファンにも、今日俺たちをはじめて見るお客さんにも、最高のステージを見て楽しんでもらおうぜ！」

エイ、エイ、オーッ！　のかけ声で、重ねていた手を天につきあげる。

それから、自分たちがトリをつとめるAステージへと駆《か》けだした。


けれど。


まばゆいステージの上から見えた光景に、風真たちドルチェはがくぜんとした。

そこに広がっていたのは、あまりにも空席の目立つガラガラの観客席――。

ドルチェの音楽フェスは、失敗に終わったのだ。

撤収《てっしゅう》を終えたあと、帰りの車内は沈《しず》んだ空気につつまれていた。

あのがら空きの客席の原因は、残酷《ざんこく》なほどにはっきりとしていた。マネージャーが心配していたＢステージのシークレットゲストの存在だ。

それが絶大な人気を誇《ほこ》るダンス・ボーカルユニット、『ＦｕｌｌＴｈｒｏｔｔｌｅ４《フルスロットルフォー》』だと知らされるや否《いな》や、Ａステージに集まっていた観客までごっそりと流れて行ってしまったのだ。

つまり、ドルチェでは人気ユニットの足もとにもおよばないことを、まざまざと見せつけられる形になったのだった。

風真は沈んだ面持《おもも》ちで窓の外をながめていた。

（今まで必死に、全力でがんばってきたんだけどな……）

使える時間のすべてをアイドル活動にささげてきたと言っていい。

それなのに、それほどがんばってきたのに、見せつけられた結果はこれだ。

観客がＢステージに流れる可能性は予想していたけれど、まさかこれほどまでとは思わなかった。

ひどくつらくて、やるせない。

必死にがんばってきても結果がこれなら、この先どんなに努力をしたところで自分たちの成長は見込めないんじゃないだろうか……。

そんな思いすら浮《う》かびかけていた時だ。

「——今日ステージを見に来なかっただれもが後悔《こうかい》するほど輝《かがや》いてやる」

ドルチェ部屋があるマンションの前で、沙良がつぶやいた。

「沙良……」

風真はおどろいた。

これまでやる気を見せたことがなく、レッスンもサボりばかりだった沙良が、悔《くや》しそうな顔で目には闘志《とうし》を燃やしていた。

（あーもうくそっ、俺なに弱気になってんだ……！）

ふっと短く息をはいて、気持ちをきりかえる。

あきらめたやつから脱落《だつらく》していく。そうわかっていたはずなのに。

あの沙良でさえ、強く前を向いているのに。


（負けられねー）

人気アーティストにも、もちろん仲間にも。


「――なぁみんな」

ドルチェ部屋に帰り、くつを脱《ぬ》ぐみんなの背中に声をかけた。

「今日は俺たちの未熟さをこれでもかってくらい痛感させられたけどさ、俺、まだこんなところで折れたくねーって、やっぱそう思う。俺たちこの悔しさをバネにして、もっともっと成長してみせようぜ！」

気持ちをきりかえたのは風真だけではなかった。ふり返ったみんなが、おなじ顔をしていた。

やってやる！　という強いまなざしだ。


「ドルチェは、俺たちは、まだまだ先に進めるんだ！」

ぜったいにあきらめない。

みんなで、そう誓《ちか》い合った。

Stage 8

stage 8

そこからは、もうがむしゃらだった。

とにかくまずはドルチェを知ってもらおうと、レコード店や商業施《し》設《せつ》でのミニライブはもちろん、首都《しゅと》圏《けん》だけじゃなく、地方の地域イベントにも積極的にパフォーマンスを披《ひ》露《ろう》しに行った。

その際にはＳＮＳでの告知や、イベント主催者《しゅさいしゃ》とタイアップした公式での動画配信を行い、当日の会場ではドルチェを紹介《しょうかい》するチラシもかかさず手配りした。

そのチラシからは、ＱＲコードでさらにドルチェの歌やステージを知ってもらえるように工《く》夫《ふう》をしてある。

ＳＮＳにも本腰《ほんごし》を入れ、動画サイトには歌やダンス、ステージを収録した動画もたくさんアップした。ドルチェをもっと身近に感じてもらおうと、休日や空き時間を利用して、トークの生配信も定期的に行っている。

また、大きく変わったことと言えば、有名人である両親の名前を前面に出すことを嫌《きら》っていた沙良が、とつじょ『有名人の息子《むすこ》』として地上波テレビへの進出をはじめたことだ。

いつも寝《ね》てばかり、サボってばかりだった沙良だが、フェスで一気に意識が変わったらしい。手段を選ばずドルチェの知名度をあげようとがんばってくれている。

……まだ、レッスン中に居眠《いねむ》りすることはあるけれど。


「しっかし沙良、オメーんち金持ちなんだなぁ～」

ポカーンとした顔で、マネージャー運転のワゴン車からギリシャがおりる。

風真と一騎もおなじだ。目にした広大な敷地《しきち》を前に、ぱっくりと口をあけた。

この時も、沙良は助手席で爆睡《ばくすい》していた。

「塔上くんつきましたよ、起きてください。あの、お世話になります。おうちの方とかどちらにいらっしゃるんでしょう？　僕たち、ごあいさつに行かないと」

桔平がやさしく肩《かた》をたたいて、ようやく沙良が起きる。

「……おうちの方なんていないよ。いま日本にいないから」

沙良はまだ寝足りない顔で車を降りて、入り口へと案内してくれた。

「ようこそ。ここがうちが所有する別荘《べっそう》だよ」

それぞれが大きな荷物を手に、玄関《げんかん》ホールへとつづくアプローチを歩く。

風情《ふぜい》ある敷石舗装《しきいしほそう》の小道が、わずかに紅葉をはじめたもみじの庭園をぬうようにつづいている。

「見ろよ一騎、池まであるぞ！」

「すごいね。あれって錦鯉《にしきごい》ってやつかな？」

「あんまり騒《さわ》がないでよ。貧乏《びんぼう》くさい」

「おまえにくらべたらここにいるみんな貧乏だっつ〜の！」

ここは関西にある自然豊かな別荘地。

有名ミュージカル俳優である沙良の父親、そしてもと歌劇団トップ娘《むすめ》役にして現役《げんえき》女優である沙良の母親が、ともにレッスンに使用していたという別荘だ。

共演者をまねいての合宿用としても整えてあるとのことで、今回ドルチェの強化合宿に使わせてもらえることになった。

「お庭も広いですけど、建物もすごいです」

桔平がほわ～と憧《あこが》れのまなざしで建物を見る。

コンクリート打ちっぱなしのスタイリッシュな別荘だ。壁《かべ》一面に大きくとられた窓や、ロビーから迫《せ》り出した大きなウッドデッキが見えている。

「こっちがゲスト宿泊棟《しゅくはくとう》、渡《わた》り廊下《ろうか》の先がレッスンスタジオになってるから」

「まさか、風呂《ふろ》が温泉だったりすんのかぁ？」

ギリシャがワクワクとたずねた。

「まあね。加熱式だけど、いちおう温泉」

まじか！　とみんなで目を丸くする。

しかし面倒《めんどう》くさげに沙良は眉《まゆ》をひそめた。

「念のため断っておくけど、バカンスしにきたんじゃないからね」

「わかってるよ。ぜったいにツアーを成功させようぜ！」

ドルチェは夏フェスのあと、冬の東名阪《とうめいはん》ツアーを予告していた。

東名阪とは三大都市である東京、名古屋、大阪をさし、この三つの都市でライブを行うことを東名阪ツアーという。

東京以外でも集客力を求められる、ひとつの登竜門《とうりゅうもん》的な位置づけとなるツアーだ。

風真は「レッスンがんばろうな」と沙良の背をぱしっと軽めに叩《はた》いた。

「いいかいみんな」

レッスン用の大荷物を抱《かか》えながら、マネージャーがみんなに呼びかける。

「今回はレッスン風景を撮影《さつえい》して、編集のあと動画配信もするからね。とくにギリシャは暑いからってヅラを外したりしないように」

「え〜まじかぁ、つかむしろ毎日ヅラ変えたほうが見てるほうも楽しくね？」

「楽し……楽しいのか？　いやでも見た目的にダメだと判断したらモザイク処理するから」

「ギリシャはいつも見た目的にダメでしょ」

沙良がぼそりと言う。

「じゃあギリシャはぜんぶの動画、モザイクアイドルだな」

「あぁ？　風真、テメーあんだよモザイクアイドルって！」

ギリシャが追いかけてきたので逃《に》げる。

じゃれあいながらも、レッスンへのヤル気は燃えていた。

『はい！　っていうわけで、今日は秋合宿からの生配信でした〜！』

『お、コメントに〈夜はまくら投げするんですか？〉ってあんぞ。おっしゃ！　んじゃ、あのオシャレッティなまくらで大戦争しよーぜぇ！』

『あのね……人の家でやめてくれる？』

『そうだ、ババぬきにしようよ。ババぬきパジャマパーティなんてどう？』

『おっ、一騎ナイス！』

『いいですね、ババぬきなら僕にもできます！』

『ちょっと風真、〆《しめ》はどうなったの？　――ったく……ちょっとボクにメモ見せて。ええと、ということで、合宿期間中は毎日生配信やります。二日目の雑談枠《わく》ではファンネームを考えるのでみんなよろしく』

『よろしく〜！』

　とみんなであいさつをして、ぷつ、と配信を終了《しゅうりょう》する。

　風真が『またあした！　おやすみ』のコメントを打ち、そこについたリプライを確認《かくにん》しているあいだに、沙良がこの日のレッスン風景をおさめたダイジェスト動画をネット上にアップした。

「はぁ、これで合宿一日目は終了だね」

一騎がつかれきった顔で笑《え》んで、伸《の》びをした。

「だな」

風真もどっと疲労感《ひろうかん》が押しよせて、ベッドのうえに横になる。

すかさずジロリと沙良ににらまれた。

「君たち、忘れてるみたいだけどここボクの部屋だから。配信終わったんだし、さっさと出て行ってくれる？　眠《ねむ》いんだけど」

「レッスン思ってたよりけっこうハードだったよな。あしたは録音作業もあるんだっけ」

「うん。あさってはお昼に握手《あくしゅ》会も入ってるよ」

「……君たち、聞いてる？」

聞こえてはいるけれど、けっこうつかれて移動するのには腰《こし》が重い。


一番に立ちあがったのはギリシャだ。

ついでに両脇《りょうわき》にいた沙良と桔平をひきずり上げる。

「よっしゃ、んじゃさっそくみんなで温泉入って、地獄《じごく》のババぬき大会はじめようぜぇ〜！」

「え、地獄なんですか!?」

「そりゃ地獄的罰《ばつ》ゲームがねぇと盛りあがんねぇだろぉ！　オレっちがテンションゲロさぶな罰ゲームを風呂ん中で考えてやっからよ！　さあ風呂だ風呂！」

「言っとくけど、ボク朝風呂《あさぶろ》派だから君たちだけで――」

「あの！　僕、友だ……えっと、家族以外のだれかと一緒《いっしょ》にお風呂入るのはじめてで、なんだかうれしいですっ」

「ダチ風呂デビューだな！　オラ行くぞ沙良！　風真たちも早くこいよ！」

げんなりした顔の沙良をひきずり、「ダチ風呂……」と目をうるませる桔平と一緒に、ギリシャは出て行った。

「あいつらタオルとか持っていったのか？」

「さあ？」

しょうがないやつらだなと笑いながら、風真と一騎も部屋を出る。

いったん自分たちの部屋にもどって、着がえやタオルをちゃんと用意してから大浴場に向かうことにした。

「ねえ、風真」

途中《とちゅう》、廊下を歩きながら、一騎がどこか遠慮《えんりょ》がちに声をかけてきた。

「ん、なんだ？」

「……最近、よくスマホ気にしてるよね」

「え、そんなことねーけど」

答えながら、手にしていたスマートフォンから顔をあげる。

正直、どきりとした。

自分では意識していなかったけれど、言われてみればそうかもしれないと思うくらいには、自覚があった。

「レッスンの休憩《きゅうけい》時間とか、ちょっとした空き時間とか。今もそうだし、なにかとスマホ見てるよ」

気のせいか、指摘《してき》する一騎の表情はどこかさみしげにも見える。

「ごめんごめん、なんかクセになってるのかもな。でもレッスンに集中してないとかじゃねーから、そこは安心してくれな？」

「うん。そういう心配はしてないよ。ただ……」

「ただ？」

問い返すと、一騎はわずかに言葉をさがすような顔をして、けっきょくあいまいな笑顔で首をふってしまった。

「ううん……なんでもない。目によくないから心配してるだけ。大事にしないと」

はっとして、風真は片目をおさえた。

一騎しか知らないことだが、じつは風真の片目はあまりよくないのだ。

「そうだな。気をつける」

ちょうど部屋についたので、ここでいったん別れる。

沙良の両親が使っていたという別荘《べっそう》はとても広くて、メンバーそれぞれに個室があたえられていた。

お風呂《ふろ》の準備をしながら、風呂前はこれが最後、とできるだけ画面を目から離《はな》しながらスマートフォンをチェックする。

（……既読《きどく》はついてんだけどな……）

チェックしていたのは、通話アプリのメッセージ機能だ。

（やっぱいそがしいのか、あいつ）

でも読む時間があるなら、スタンプのひとつくらい返してくれればいいのにとも思う。

（ま、でもスタンプ一個だけってのも、それはそれで微妙《びみょう》だよな）

そうため息をついて、そんな自分自身にすこし戸《と》惑《まど》った。

一騎が指摘したとおり、最近の風真はなにかと空き時間があるたびにスマートフォンをチェックしている。

それもこれも、送ったメッセージに既読がついているかどうか、返信がきているかどうかを確認するためだ。

（俺、なんでこんなにこいつからのメッセージを待ってるんだ……？）

相手は有栖川唯だ。

音楽フェスの件でお礼のメッセージを送ったのをきっかけに、以前よりはちょっとだけ頻繁《ひんぱん》にやり取りをするようになった。

唯からのメッセージの内容も、ダメ出しばかりだったものが、最近見つけたかわいい雑貨店の話だったり、日常のささいなできごとだったり、おたがいの近況《きんきょう》だったりと、他愛《たわい》もないものにかわってきている。

ただ、向こうはドルチェよりもずっと人気のあるグループなので、そのいそがしさもあって返信がおそいのだ。

それがついつい気になって、こうして確認してしまう。

（なんか変かな、俺……）

いや、そんなことはないはずだ。

フェスではすごく世話になったし、毛を逆立てていた野良猫《のらねこ》がにゃあと返事をしてくれるようになったら、だれだってちょっとはうれしいものだと思う。

（それにピンクかぶりだしな）

おなじ事務所でおなじくアイドル、おなじカラーの担当だ。

なにもおかしいところなんてない。

（――お、星が見える）

カーテンを閉めようとして、きれいな星空が広がっていることに気がついた。

さすがは別荘地、東京よりも夜空がきれいだ。

風真はカーテンを閉めるのをやめて、タオルなどを手に部屋をあとにした。

唯からの返信があったのは、風呂あがり、地獄のババぬき大会が盛りあがっている最中のことだった。


「風真どしたぁ？」

「俺、ちょっと行ってくる。唯がツアーで近くに泊《と》まってるらしくて、なんか差し入れ持ってきてくれたらしい」

ババぬきを一ぬけしていた風真が立ちあがる。

「マジか気が利《き》くじゃん！　それ夜食にしよーぜぇ」

「風真、オレも行くよ」

つづいて立とうとした一騎の肩《かた》を、沙良ががっしりとつかむ。

「君はまだあがってないでしょ。逃《に》げるとか許さないよ。ほら、早く引いて」

「な、なんか沙良、怖《こわ》いよその顔。もしかしてババ持ってるの……？」

「罰ゲームは鼻毛脱毛《だつもう》ワックスですよー！　僕もまけないです！」

トランプを手ににらみあう四人をのこして、風真はいそいで別荘を出た。

別荘地帯は治安はいいが、夜に出歩く人がすくないので夜道が閑散《かんさん》としている。モダンな街灯が並んでいるが、それがまた情緒《じょうちょ》的というか、さみしげだった。

「おーい唯！」

そんななか、ひとりぽつんと歩く唯を見つけて駆《か》け寄る。

「おまえ、差し入れはうれしいけど、こんなとこひとりで歩いたら危ないだろ」

「開口一番がお説教？」

すねたようにぷいとそっぽを向きつつ、紙袋《かみぶくろ》を渡《わた》してくれた。

「はいこれ。おつかれ」

「そっちこそおつかれ。お、これあの超《ちょう》有名店のチーズケーキじゃん。わざわざありがとな。──しっかしよくここがわかったな」

「メッセージに塔上家の別荘で合宿してるってあったから。泊まってるところのスタッフさんにきいたらすぐにわかった。セキュリティ上はどうかと思うけど」

「有名人の家だし、そんなもんだろ。で、ここまで歩いてきたのか？」

「ほんと近くだから。最初泊まる予定だったホテルに待ち伏《ぶ》せしてるファンの人がいて、急きょ変更《へんこう》になったんだけど、行楽シーズンだからホテルはもうどこもいっぱいで」

それでこの近くにある貸切型ゲストハウスに宿泊《しゅくはく》先がかわったらしい。

そっか、と答えながら、唯の服装を見る。

(ライブ終わってくつろいでる時間だからとうぜんだけど、かなりラフな格好だな)

ステージやテレビで見る唯は、ほとんどがさくら道の制服を着ている。

バラエティ番組では私服っぽい格好の時もあるが、あくまでも『清楚《せいそ》系』と言われるさくら道のイメージを守るための衣装だ。

(なんか新鮮《しんせん》……)

もともと唯は、ネイルもぬらず、爪《つめ》はピカピカに磨《みが》いてあるだけ、アクセサリーもつけていない。だからこそこういうラフな服装をするとさらに、きれいな黒髪《くろかみ》や大きな目が引きたてられていいと思う。

「なに?」

「いや……そのカッコだとちょっと寒いんじゃないかと思ってさ。俺のパーカー貸すよ」

秋になり、昼はすっかり過ごしやすくなったぶん、夜はどうしても肌寒《はださむ》い。

女の子は体を冷やさないほうがいいというし、と風真は自分のパーカーを脱《ぬ》ぎ、唯の肩にかけてあげた。

「……ほんとおせっかい」

唯はつんとそっぽを向いた。

でも嫌《いや》がっているというよりは照れかくしなのだと、いいかげん風真も理解できる。

唯はとにかく素直《すなお》じゃない。

「まあな。みんなによく言われる」

「もうもどるのに」

「近くまで送ってくよ。この道なんかさみしいし、女の子のひとり歩きはやっぱ危ないじゃん。ホテルには押しかけファンもいたんだろ？」

「グッズがブルーだったから、わたしのファンじゃないんだけど」

しぶしぶといった顔で、唯が歩きはじめる。

風真も自然と一騎にするように並んで歩こうとして、ふと思いとどまった。

（——つーかこういうときって、距離《きょり》感《かん》どのくらいにすんのが正解なんだ？）

さすがに相手は女の子。しかもアイドルだ。一騎とおなじようにぴったり並んで歩くのはマズイとわかる。

かといって、離《はな》れて歩くのもヘンじゃないだろうか？

もう女装が嫌だとも言われないし、そもそも今、風真は風呂上《ふろあ》がりで、メイクもしていなければスカートもはいていない。パジャマ代わりのジャージ姿だ。

なにより、離れて歩いたら送って歩く意味がないような、なくはないような、なくはなくてもそれはそれでもったいないような、そんなもどかしい感じがする。

風真はあれこれといろいろ悩《なや》んだ末に、一歩ほどななめ後ろを歩くことにした。

冷たい夜風がふいて、唯の髪《かみ》が目の前でさらさらとゆれる。

（あ、シャンプーの匂《にお》い……）

清潔感のあるシャボンのかおりに、思わずドキリとした。

「……空、星きれい」

唯がとつぜん立ち止まる。

唯の髪に気をとられていた風真は、一瞬《いっしゅん》だけ反応が遅《おく》れた。

そのせいで、唯との距離《きょり》が一歩よりもずっと近い。

「あ、あぁ……俺も思った」

耳が、かってにじわっと熱を帯びていた。


(――っていうかこういうときって、距離感どのくらいで歩くのが正解なの!?)

しぶしぶといった顔で歩きはじめながら、唯は心のなかで果てしなく迷っていた。

風真が言ったとおり、たしかに別荘地《べっそうち》帯《たい》のこの道は人通りがすくなくて、しかも緑が多いぶん、ひとりで歩くにはどこか恐《おそ》ろしい感じがする。

来る時も正直、ちょっと怖かった。

だから送ってくれると言われたときには内心かなりホッとしたのだが、いざふたりで歩いてみると、どうもそわそわとしてしまって落ちつかない。

(き、きっと、距離感のせい。どのくらいの速さで歩くのが正解?)

歩《ほ》幅《はば》は小さく、ゆっくりならんで歩く?

いやいや！　と唯は心のなかで勢いよく頭をふった。

それじゃまるで恋人《こいびと》みたいだ。だめ、ぜったいおかしい。

風真もきっと、コイツかん違《ちが》い女じゃん！　とか思うだろう。

（じゃあ、カッコイイ系の女子みたく、颯爽《さっそう》と早足で歩く？）

ただ、小《こ》柄《がら》な唯がその歩きかたをすると「なんかおもちゃの兵隊みたい」と言われることがある。

だめだ。ダサいから却下《きゃっか》する。

（ああもういったいどうしたら……！）

悩んで空を見上げて、あ、と思った。

「……空、星きれい」

月の無い夜空に、満天の星が広がっていた。

「あ、あぁ……俺も思った」

唯が立ち止まると、風真もななめ後ろで立ち止まる。

急だったせいか、ちょっとだけ近い。

触《ふ》れそうで触れない風真の体から、お風呂上がりのようなかおりが、そしてわずかな熱気がつたわってくる。

（風真って、体温高い……）

無言で夜空をながめるあいだ、触れてもいないのに、自分でもおどろくくらいに胸がドキドキとした。

唯からは風真の表情どころか、姿すら視界に入らない。

なのに彼の体温だけは確実につたわってくる、その距離感にどんどん頬《ほお》が熱くなった。

（なんなの、これ）

ふたたび歩きはじめても、まだ頬が熱い。

冷たい夜風にいくらあてても火照《ほて》ったままだ。

「……あのさ、唯」

呼ばれて、きゃっと飛びあがるようにふりかえる。

目と目があうと、風真はすこしだけうろたえたように視線をゆらした。

「――いや、なんでもない」

「じゃ、じゃあ呼ばないでよっ」

そこからは、しばらく会話がなかった。

なにを言っていいのかわからなくて、ただ自分の鼓動《こどう》の音を聞きながら、うつむきがちに歩く。

風真も無言で、なにもしゃべらなかった。

一歩の距離をしっかりとたもって、唯を守るようについてくる。

ようやく口を開いたのは、公園のわきに差しかかったときだった。

「お、バスケのコートがある」

見れば、広いテニスコートが整備された脇《わき》に、おまけていどのバスケットコートがつくられていた。

「ゴールひとつしかないじゃない」

「ストリートってそういうもんだろ」

「そうなの？」

唯にはよくわからない。

けれど、バスケのゴールを見つめる風真の目はキラキラとしていた。

「ボール落ちてるけど、寄っていく？」

バスケが好きなんだろうなと思って提案する。

「え、いいのか？　やった！　じゃあちょっとだけな！」

風真はよっしゃとばかりに喜んで、唯の手を引いて走った。

「あ、ちょっとそんな急《せ》かさないでよ……！」

怒《おこ》ったように眉《まゆ》を寄せながら、それでも触れられた手首がジンと熱くてしょうがない。

（……わたし、どうかしてる）

唯はきゅっと目をつむった。

最近、スマートフォンの着信ばかり気にしている。

通話アプリにメッセージがきているか、そればかりが気になってしまうのだ。

風真はマメな性格で、とにかくよく唯にメッセージをくれる。

するとホッとする自分がいるのだが、かといって即《そく》返事をするのも、いかにも待ってましたと言わんばかりで恥《は》ずかしい。

　それになんて返事をしようかと、あれこれ考えているうちに時間がたってしまうこともすくなくなかった。

　そのくせ、返事が遅《おそ》いと怒られてしまわないか、見捨てられてしまわないか、臆病《おくびょう》になる自分もいる。


　本当に、どうかしている。


　夜のコートでドリブルを披露《ひろう》する風真をぼんやりながめながら、そんなふうに思う。

　真剣《しんけん》な、男子らしい顔つきだ。

　アイドルとしてめいっぱいの笑顔《えがお》でステージに立っているときの風真とは、またがらりとちがう雰囲気《ふんいき》。

　シュートをする姿は、颯爽としていてかっこよかった。

　——そう素直《すなお》に思うくらいには、唯はどうかしているのだ。

「送ってくれてありがとう」

宿泊《しゅくはく》先が見えるところで唯は立ち止まり、風真に礼を言った。

「唯が素直にお礼言うとか、めずらしいな」

「じゃあもう言いませんー」

「うそうそごめんって。こっちこそありがとな、差し入れ。トランプしながらみんなで食うよ」

「ほんとにトランプ大会なんてしてたんだ」

あきれて言うと、風真は「あれ？」という顔をする。

「ほんとにって、もしかして唯、生配信聞いててくれたのか？」

問われて、しまったと思う。

「たまたま！　たまたまヒマだったから、ちゃんとやってるのかなと思って……」

もごもご言いわけをする。ヘンなかん違いをされたくない。

けれど唯の心配をよそに、風真はうれしそうに笑った。

「そっか。たいしたことしゃべれなかったけど、きいててくれたならうれしい」

「……そう」

こういうところが、本当に風真らしいと唯は思う。

「ありがとうと言えばさ、夏のフェスの時も、助けてくれてありがとな」

「ずいぶん前の話じゃない。もう秋なんですけど」

それにフェス直後にもお礼を言われたし、その後、メッセージでもお礼の言葉をもらっている。

「いやそうなんだけど、やっぱちゃんと会って直接言いたかったんだよな。フェス終わった直後はほら、俺もちょっとブルー入ってたから、いまいちちゃんと感謝を伝えきれてなかった気がするしさ」

夏の音楽フェス終了《しゅうりょう》後、楽屋で見た風真はかなりショックを受けていたようだった。

あれだけ空席の目立つ客席を目《ま》の当たりにしたら、それもとうぜんだろう。他《ほか》のメンバーたちの顔色も悪く、重苦しい雰囲気につつまれていた。

「あれは……運が悪かっただけでしょ」

「お、唯がなぐさめてくれてる」

「ちょっと茶化《ちゃか》さないで！」

「ごめんごめん。でもさ、実際のとこ、観客を引き留められなかったのは、やっぱ俺たちの力不足なんだよな。ステージからガラガラの客席をみて、痛感したよ。正直、もうダメかなって思ったりもした」

風真は笑ったけれど、当日のことを思い出したのか、力のない笑みだった。

「すげー凹《へこ》んで、そのせいであのときちゃんとありがとうを言えなくてごめんな。いや、そりゃ言葉では言った気がするけどさ、お礼って大事なのは言葉じゃなくて、感謝をつたえる態度だろ？」

「……そんな悪い態度でもなかったと思う」

「いや、あれじゃダメだった」

風真はそう首をふった。

「唯ははじめて会ったころ、俺のことキライだっただろ？」

「あ、あれは……！」

「わかってる。俺がスカートはいてメイクしてステージに立ってることが、唯にはふざけてるように感じられたんだ。真剣じゃないって、本気でがんばってないって思われた」

そうだ。

風真が言うとおり、たしかにはじめはそう思っていた。

「でも！」

「今はそうじゃない。だよな？」

風真は今にも泣き出しそうな、けれども心からうれしそうな顔で、唯を見た。

「あのとき、唯がわざわざメンバーからスカートを借りてまで駆《か》けつけてくれたのが、その証《しょう》拠《こ》だって思う。スゲーうれしかった。……いまでも、俺のひとつの支えになってる。やっぱがんばってれば認めてくれるやつもいるんだって、だから俺はこのままでいいんだって、そう思えるんだ。だから、ほんとうにありがとう」

風真のその複雑な表情が、唯の胸を強く衝《つ》いた。

風真がこれまでどれだけ傷ついてきたか、傷つけられてきたか、そしてそれをどれだけ耐《た》えてきたかがわかる表情だった。

「——あの時は、ごめんなさい」

ようやく。

ようやく素直にこの言葉が言えたと思う。

唯だってきっとあの時、風真を深く傷つけた。

それなのに、今までたったこれだけの言葉を言えなかった自分が恥ずかしい。

「おいおい、そんな泣きそうな顔すんなよ。ありがとって話なんだぞ」

「……白雪風真は、いいアイドルだと思う。わたしの友だちも神推《お》ししてて、たくさんたくさん元気と笑顔をもらってるって、いつも楽しそうに話してくれてるから」

「マジか！　うれしいな、それ。そういう存在になりたくてアイドル目指したからさ」

それから、風真はぽつぽつと話してくれた。

何年も前に、交通事故で家族のひとりを失ったこと。

その家族がアイドルになるのを夢見ていたこと、そして、悲しみに沈《しず》む風真を元気づけてくれたのもまた、アイドルだったこと。

「アイドルってふしぎだよな。歌って踊《おど》るのに、歌手でもないしダンサーでもない。じゃあなんなんだって言ったら、やっぱきらきらした夢とか元気とか、たくさんの笑顔とかを届けられるのがそうなんじゃないかって、俺は思う」

「うん……。白雪風真はきっともう、そういう存在になれてるよ」

風真のグッズをながめながら勉強や家の手伝いをがんばっている宇瑠を見ていれば、それがわかる。

「そうか？　まぁ、唯たちさくら道にはまだまだ及《およ》ばないけどな」

「え？」

思いがけないことを言われて、唯は目を丸くした。

そんな唯の反応に、逆に風真は首をかしげる。

「そりゃそうだろ。唯たちのファンの数、俺たちの比じゃないじゃん。それだけさくら道にパワーもらってる人たちがいるってことだろ。すげーじゃん」

「そう、かな……？」

（わたしが、だれかに笑《え》顔《がお》を、元気やパワーを与《あた》えている——？）

そうなのだろうか。

そういう存在に、自分もなれているのだろうか。

クレクレばかりだった、こんな自分が。

「なんだよその顔。入院中、ファンレター読んだんだろ？　もっと自信持てよ」

「うん……」

「ま、俺らも負けないけどな！　見てろよ、これからぜったいにさくら道を追いぬいてやるから」

風真が強気な顔でこぶしをさしだした。

それは宣戦布告というより、励《はげ》ましのように見えた。

自然と、顔が笑顔になる。

「……追いぬく前に、まずは足もとまで這《は》いあがってきなさいよ」

唯も不敵にそれにこたえる。

こぶしを合わせ、それから唯はポケットにあったチケットをとりだした。

今回のツアーの記念にと、マネージャーがみんなに配った入場チケットだ。

みんなは家族や友達にプレゼントしたみたいだったけれど、唯はもらってからポケットにただ押しこむことしかできなかった。

それを、風真に渡《わた》す。

「明日《あした》もし時間があったら見にきて。格のちがいを見せつけてやるんだから！」

「おう、みんなでぜったい見に行く。もしなにかピンチの時は頼《たよ》ってこいよ、ライバルついでに、俺らピンクかぶりなんだしな！」

「なにそのピンクかぶりって」

笑って、じゃあ明日と約束をして、そこで別れた。

宿泊《しゅくはく》先へと向かいながら、唯はそっと胸に手をあてる。

（ライバル、か）

唯はずっと、おなじグループのメンバーをライバルだと思って活動してきた。

けれど、それはまちがってはいないけれど、狭《せま》い考えだったと今は思う。

メンバーじゃなくてもアイドルはたくさんいる。切磋《せっさ》琢磨《たくま》するべき相手はそこらじゅうにあふれているのだ。ドルチェもきっと、そのひとつ。


（負けたくない！）

負けたくない。

風真たちドルチェに明日、情けない姿なんて見せられない。

いつかなんて話でも、ぜったいにならばれたくない。

追いぬかれるなんて、まっぴらごめんだ。

ずっと前を走る背中を見せていたい。それが、アイドルとしての唯のプライドだ。

心のなかでスイッチが入ったように、唯は感じた。

それに——。

唯のなかできっと、白雪風真という存在が日に日に大きくなっている。

それもたぶん、そろそろ認めざるを得ない。


「一騎、オメー時計見すぎ」

「わぁああっ!?」

とつぜん目の前にギリシャの顔がアップであらわれて、一騎はのけぞった。

「な、なんだギリシャか……おどかさないでよ」

「んだよ、人をお化けみてぇに」

「いやじゅうぶん怖《こわ》いよ、それ」

バクバクする胸をおさえながら、一騎は笑顔をひきつらせた。

ギリシャの鼻からは鼻毛脱毛《だつもう》ワックスの綿棒が四本とびだしているのだ。

アイドルとしてあるまじき姿だが、四回戦ともギリシャが負けたのだから仕方がない。

「いいかげんぬいたらいいのに。取れなくなっちゃうよ？」

一騎はそう言いつつ、もう一度時計を見る。


(風真……)

風真がまだ、もどってこないのだ。

差し入れをただ受けとりに行っただけにしては、どう考えても遅《おそ》い。


(風真のことだから、きっと帰り道を送ったりしてるんだろうけど)

みんなも風真の世話焼きな性格をわかっているから、だれもなにも言わず、四人でトランプゲームをつづけてきた。

けれど一騎はどうしても気が気じゃない。

なにかじわじわとした焦《あせ》りのようなものがあって、こうして何度も時計を確認《かくにん》してしまう。

（唯ちゃんの宿泊先って、そんなに遠いのかな。それとも、なにかふたりで話しこんでる？）

時間を忘れるくらい夢中でしゃべっているのだろうか。

一騎には関係のないことなのに、どうしても気になる。気になってしまう。

「風真くん、遅いですね。僕ちょっと様子見てきましょうか？」

一騎につられて桔平も時計を見て、立ちあがる。

けれどそれをギリシャが止めた。

「だぁら、よけいなことすんなっての。いいだろぉべつに遅くったってよぉ、ったくほんとオメーらはお子ちゃまだなぁ」

「えっと、どういう意味ですか？」

桔平がきょとんとする。

ギリシャはニヤニヤしながら、えらそうに腕《うで》を組んだ。

「そりゃあまぁ察しろよ。なあ、沙良？」

「……寝《ね》てていい？」

沙良はうっとうしそうに言い、アイマスクをつけてベッドに横になる。

本当に眠《ねむ》いというよりは、我関せず的な態度だ。

「でもなにか困ってるかもしれないですよ」

「アホか桔平！　行ったほうが困るっての。最近の風真のあの顔見てわっかんねーかな。やたらスマホ気にしてっしょぉ」

桔平はまだよくわかっていない様子で、ことりと首をかしげている。

ギリシャは桔平にそれ以上は言わず、一騎と肩《かた》をがっしりと組んできた。

「一騎もよぉ、そっとしといてやれよ」

こそこそ話のように、小さい声でギリシャは言う。

「そりゃあオメーらはいつも一緒《いっしょ》だし、唯一無二《ゆいいつむに》の仲良しだしな。大好きな一番のダチをとられたくない気持ちもわかるぜ。でももう風真は高校生だし、こういうこともあんだろ」

大好き、という言葉にどきりとする。

（そうだ。オレ、風真のことが大好きだ）

だからずっとそばにいた。ずっとそばにいたいと思ってきた。

でも、この気持ちがどういう形の『好き』なのか――。

一騎自身にも、よくわからないのだ。

クラスメイトに変だと言われたこともある。

恋愛《れんあい》的に好きなのかと聞かれたこともある。

そのたびに戸《と》惑《まど》って、考えてもわからなくて。

そしてわからないまま、ずっとあいまいにしてきた。


「……でも風真は。風真はアイドルだよ」

胸のなかがモヤモヤとして、一騎はそれだけを言うのが精いっぱいだった。

だな、とギリシャがまじめな顔でうなずく。

「たしかにそうだ。だからよ、ギリギリまで信じて見守ってやれよ。あいつはそういうトコちゃんとわかってんだろ」

ギリシャの言うとおりだ。

風真は人一倍責任感が強くて、アイドルとしての意識も強く持っている。

だから……いや、けれど……。

「ぶふぅっ」

……真剣《しんけん》に考えていたのに、一騎はつい、どアップになったギリシャの鼻綿棒に吹《ふ》きだしてしまった。

「もう、ギリシャなんて大っ嫌《きら》いだ――――！」

「えぇっ、なんでオレっち!?」

「ただいまー。遅くなって悪か……ってギリシャなんだその鼻ぁ！」

「あ、風真お帰り！」

ちょうど帰ってきた風真に、こっちこっちと手招きをする。

きっともう、このあいまいな気持ちに整理をつけないといけない。

そう心では決めながら。

翌日はあいにくの雨。

さくら道の関西ライブツアーは、秋雨《あきさめ》が降る中での開催《かいさい》となった。

万単位のキャパシティがあたりまえのさくら道にとって、今回の会場はやや小規模だ。

入り口前にはメンバーののぼりがずらりと立ちならび、そこではチケットの抽選《ちゅうせん》にもれたファンたちが大勢かけつけて、せめてもの写真撮影《さつえい》を行っていた。

音漏《おとも》れをねらう集団も多く、警備員による誘導《ゆうどう》の声がひっきりなしに聞こえている。

ケタがちがう盛況《せいきょう》ぶりに、駆《か》けつけたドルチェのメンバーたちは最初から最後まで圧倒《あっとう》された。

開始をむかえ、わき立つファンの熱気。

唯たちトップメンバーがトロッコに乗って登場したときなど、足もとが揺《ゆ》れるほどの声援《せいえん》が起きた。

そして、披露《ひろう》される数々のダンスチューン。

風真はステージの上、センターで踊《おど》る唯をじっと見つめていた。

唯はいつか歌番組で見たときよりもさらに進化し、まぶしいほどに輝《かがや》いて見えた。

クールなダンスから、明るく弾《はじ》けるような笑顔《えがお》まで。

歌によってスイッチが切りかわるように表情や雰囲気《ふんいき》を自在にかえ、圧巻のパフォーマンスで会場を魅了《みりょう》する。

（すげーじゃん、唯……！）

ラストのアンコールでは全力のファンサービスで声援に応《こた》える。

その姿はまぎれもなくトップアイドルで、風真はその輝きから、すこしも目を離《はな》すことができなかった。

「おつかれさまです！」

ライブ終了《しゅうりょう》後、風真たちは興奮の冷めやらぬまま、楽屋へと一言あいさつにうかがった。

トップメンバーが使う楽屋に入ると、ちょうど唯は心音というメンバーと膝《ひざ》をつきつめて向かいあっているところだった。そのきびしい顔に、ついどきりとする。

もしかして、ケンカだろうか。

息をのんだ先で、心音がサッと唯の顔に手をのばす。

「――とう！」

「痛っ！　ちょっと、だからもっとやさしくはがしてってば！」

心音が唯の頬《ほお》からひっぺがしたのは、肌色《はだいろ》のマイクテープだった。

唯がちょっと涙目《なみだめ》でうったえる。

それから顔を見あわせて笑いあう姿に、風真はほっと胸をなでおろした。

「おつかれ。今日は招待してくれてありがとな。すっげーいいライブだった」

風真をはじめ、メンバーたちそれぞれが感想を告げる。

ドルチェにとって、これ以上ないほどの刺激《しげき》となるライブだった。

「これ、差し入れな」

「ありがと」

風真から唯に、差し入れの紙袋《かみぶくろ》を手《て》渡《わた》す。

ギリシャと桔平は他《ほか》の楽屋へと差し入れを届けに行った。

沙良は……いつの間にかいない。

「唯ちゃん、すごく楽しそうだった。見てるオレまですごくワクワクしたし、興奮したよ！」

一騎が言うと、唯がはにかんだような顔を見せる。

「そ、そう？」

「うん。なんかすごく変わった……なんてオレが言うのもヘンかもだけど、でもほんと、そう思う。さくら道のことは事務所のイベントで一緒になったときとか、番組収録とかでずっと見てきたし、歌番組だって毎回風真が録画してチェックしてるんだけど」

「え、白雪風真が？」

ちょっと意外そうに唯がおどろき、風真を見る。

どこか照れたように瞬《まばた》くその表情に、なぜか風真のほうが恥《は》ずかしい気分になった。

「べ、べつにほら、ライバルチェックは欠かさないってやつな」

視線をそらして頬をかく。

「でも、唯が変わったってのはまちがいないって俺も思う。前とはぜんぜんちがうよな」

ステージでもそうだが、きっと楽屋の雰囲気も変わったのではないかと風真は思う。

それはここに、かつて陰口《かげぐち》をたたいていたメンバーの姿がないせいかもしれないが、すくなくとも心音とはうまくいっていそうな様子に見える。

「まあね。ライバルに足をすくわれたくないし、センターはゆずりたくないし。いろいろあって、変わらなきゃって……変わってみようって思えたから」

唯は風真に向かって、まぶしげに目を細める。

口パクで小さく「ありがと」と言われた気がして、その表情と言葉にふわっと心がうきたった。

妙《みょう》に恥ずかしくなって、唯の顔を直視できない。

「そ、そっか」

それ以上は言葉がつづかなかった。

「――あのさ、唯ちゃん」

なんだかふわふわとしたような、妙に照れくさい沈黙《ちんもく》がおりかけたとき、一騎がそう切り出した。

「できたらでいいんだけど、ちょっとふたりで話せる？」

「一騎？」

どうした？　と目で問いかけるが、一騎は困ったように首をふるだけだ。

唯もふしぎそうな顔をしながら、「いいよ」とうなずいた。

「あれ、君ひとり？」

それから一騎と唯は楽屋を出て、自販機《じはんき》が囲む小さな談話スペースへと移動した。

離れた位置で待つ風真のところへやってきたのは、姿を消していた沙良だった。

「どこ行ってたんだよ、沙良。楽屋あいさつ済んじまったぞ」

「ボクはライブプロデューサーのほうにあいさつしてたんだよ、顔見知りだし。ドルチェだっていつかお世話になるかもしれないでしょ。——で、みんなは？」

「ギリシャと桔平は邪魔《じゃま》になったら困るから外で待ってるって。俺は一騎待ち」

言って、自販機のほうをあごでしめす。

声は微妙《びみょう》に聞こえないが、ふたりが話をしている姿は見えた。

「なんであのふたりが？」

「さあ？　なんか一騎がふたりで話があるって」

「ふたりでって……」

沙良がものすごく困惑《こんわく》した顔で一騎たちを見る。

ガン見とも言えるほどの様子に、つい風真もつられてふたりを注視してしまった。

（まあ俺も正直、気にはなるんだよな……）

一騎と風真はいつも一緒《いっしょ》だ。

小さいころから仲がよくて、一騎が風真をのけものにしたことなど一度もない。

一騎のことならなんでも知っているし、一騎だって風真のことならなんでも知っている。そういう関係だ。

それなのに。

（俺にも聞かせられないような話ってことか？）

それはいったい、どんな話なんだろう？

（しかもなんか、様子もヘンだし……）

こそこそと話をする一騎の表情は、どこか苦しげだ。

そして切なそうな顔にも見えた。

（唯だって、なんだあの表情……）

唯は、はじめこそおどろいた顔をしていたが、話をするほどにどんどんと頬を赤く染めていく。

最終的には耳まで真っ赤になって、泳ぐように右に左にと視線を動かす瞳《ひとみ》は、遠目に見てもうるんでいるように見えた。

それからハッとこちらのほうを見たかと思うと、ふたりでさらに顔を赤くして、もじもじと自販機の陰《かげ》にかくれてしまう。

「なんなんだよ……」

つい、ぽつりとそうこぼすと、沙良があきれたようにため息をつく。

「ま、君もたまには悩《なや》んだらいいんじゃない？」

「は？　どういう意味だよそれ」

「ボクも外で待ってるから、撤収《てつしゅう》の邪魔にならないうちにもどってきなよ」

沙良はそれだけを言うと、さっさと行ってしまった。

ひとりのこされた風真は、どうにも落ち着かない。

あの一騎が、どうして風真をのけものにしたのだろう。

唯は、どうしてあんなに目をうるませて、恥ずかしそうにしていたのだろう。

気になって気になって、つい通路をうろうろと歩いてしまう。

こんなにも気になるなら、いっそのこと外でギリシャたちと待っていようか。

なんて、そんなことを思ったとき、楽屋から心音が顔を出した。

「ゆいにゃん知らない？　もうすぐ撤収なんだけど」

「マジか！　今呼んでくる！」

チケットをもらって、楽屋にまでお邪魔させてもらって、これ以上迷惑《めいわく》はかけられない。
あわてて風真はふたりのもとへ向かい——

「わたしだって好き！」

とつぜん耳に入った言葉に、足が止まった。

(え……——？)
まちがいなく、それは唯の声だった。

(好き？)
だれを……？

動画のダイジェストのように頭の中で映されたのは、切なそうにする一騎の顔、そして恥じらう唯の顔だった。
ふたりして、もじもじと顔を赤くして——……。

まさか、と思う。

（……そういうこと、なのか？）

唐突《とうとつ》に、納得《なっとく》がいった。

なぜ、唯とメッセージのやり取りをする風真を、一騎は妙《みょう》に気にしている様子だったのか。

なぜ、秋合宿に唯がわざわざ差し入れを持ってきてくれたのか。

あのときなぜ、一騎もついてこようとしたのか。

そしてなぜ、このライブのチケットを渡《わた》し、ドルチェを呼んでくれたのか。

あれらはぜんぶ、こういうことだったのだ。

一騎は唯が好きだった。

唯は一騎が好きだった。

そう考えれば、つじつまがあう。

（マジかーマジかー！）

風真は心のなかで絶叫《ぜっきょう》した。

（俺ってばかじゃん、すげーニブすぎ!!）

一騎と唯は、きっと両想《りょうおも》いだ。

たった今、告白が成功した。

「あ、風真……！」

近づいていた風真に、一騎がはっと気がついた。

すかさず唯が一騎に顔をよせ、こそこそと耳打ちする。

「さっきのこと、ひみつね」

丸聞こえだったが、風真は聞こえないふりをした。

「唯、そろそろ撤収だって。一騎も話の途中《とちゅう》で悪いけど、俺ら邪魔になるから帰んねーと」

「うん、わかったよ。じゃあね唯ちゃん」

「きてくれてありがとう。みんなによろしくつたえておいて」

唯が胸の前でひかえめに手をふる。

その顔はやっぱりまだほんのりと赤くて、大きな目はうるんだようにキラキラとしていた。

（――唯のやつ、かわいい顔すんじゃん）

照れて赤くなったりして、恋《こい》する女の子は本当にかわいい。

「風真？」

「……一騎」

しあわせになれよ、という気持ちをこめて、背中をたたく。

かわいくてがんばり屋な唯なら、一騎の相手として認めてもいい。

尊敬できる唯ならきっと、一騎にとってもいい刺激《しげき》になる。

一騎はすごくいいやつだから、唯もきっとしあわせに……。

（あ、れ……？）

なんだか、へんに胸のなかがもやもやとする。

胸やけのような、まったくちがうような、妙な気持ち悪さだ。

どっと気分がふさいで、身体《からだ》が急に重くなったような……そんな感じ。

「風真、大丈夫《だいじょうぶ》？　なんか顔色が悪いよ？」

「え、そ、そうか？　そんなはずないけど……」

「すごいライブだったから、熱気にあてられたのかもよ」

「そうか……そうかもな」

合宿所にもどったら、栄養ドリンクを飲んで早く寝《ね》よう。

風真は胸の苦しさを感じながら、みんなと合宿先へと帰って行った。

Stage 9

stage 9

二〇××年　十一月。

夏の音楽フェスであじわった悔《くや》しさからの奮起、そして秋の強化合宿などと並行して行われた、動画配信やイベントＰＲなど、たくさんの細かな活動によって、ドルチェの知名度は大幅《おおはば》にアップしていた。

歌とダンスの実力はもちろん、超《ちょう》個性的すぎるメンバーにそれぞれ強力なファンが根づいたことも大きい。

また、わいわいと仲のいいメンバー間の関係性も楽しいと、女性ファンからは強く支持されている。

人気をぐんぐんと伸《の》ばすなか、晩秋のこの日、都内某所《ぼうしょ》で開かれたドルチェの握手《あくしゅ》会は大盛《だいせい》況《きょう》を迎《むか》えていた。

先日発売されたシングルＣＤにそのチケット抽選《ちゅうせん》カードが同封《どうふう》されていたのだが、マネージャーによると、これまでで最高の売り上げ枚数となったのだという。当選カードも途中から追加で出されたほどだったらしい。

曲のストリーミング配信の再生回数も、かなり早い段階から伸びはじめているそうだ。

会場では握手会のほか、グッズ販売《はんばい》も行われる。そちらでは、クリスマスイベントの参加抽選券が封入《ふうにゅう》されたバッジも先行販売されていた。

どちらの待機列も混雑していて、もう季節はすっかり冬めいているというのに、かなりの熱気に包まれていた。

「風真くん、大好きって言って！」

「ウィンクして！」

「いっつも元気もらってます！　応援《おうえん》してます！」

たくさんのファンが、この日の握手のために駆《か》けつけてくれている。何枚も握手券を入手して、何度も列にならんでくれるファンもいた。

中には、朝イチの新幹線で遠方から駆けつけてくれた人もいる。

「きてくれてありがとう。ホント、すげーうれしい」

風真は笑顔《えがお》でたくさんのリクエストに応じながら、デビューしたてのころの握手会を思い出す。

あのころはまだまだ小規模で、そのぶん、ひとりひとりにしっかりと時間をかけることができていた。

けれど今はファンが増え、うれしいと同時に、一回の握手につかえる時間はほんの数秒にまで減ってしまった。

それがひどく申しわけなくて、複雑な気持ちになる。

だからこそ、そのたった数秒に感謝をこめて、相手の目を見てぎゅっと手をにぎるのだ。

「おつかれさまっしたー！」

「おつかれさまでーす」

握手会終了《しゅうりょう》後。

風真は自宅近くの路地で、マネージャーが運転するワゴンをおりた。もちろん、近所に住む一騎も一緒《いっしょ》だ。

終了予定時刻を一時間ほど押しての帰宅となったので、すでにあたりはすっかり暗くなっていた。

「風真、手は大丈夫？」

「うん、へーき」

保冷剤を両手ではさみながら、風真は笑った。

握手のしすぎで手のひらが赤く腫《は》れてしまったのだ。手首もすこし痛《いた》い。

「風真は握手会すっごくだいじにするからなぁ。手を痛めるからそっと触《ふ》れるだけのつもりでって、毎回マネージャーに口酸《す》っぱく言われるのに」

苦笑《くしょう》しながら、一騎が荷物を持ってくれる。

この保冷剤も一騎が事前に用意してきてくれたものだ。

「ありがとな。でもほら、やっぱうれしいし、ちょっとでもいい思い出にして帰ってほしいじゃん」

「その気持ちはわかるし、ファンを大切にする風真らしいなっては思うけど」

からだも大事にしてね、と言って、街灯がともる路地を歩く。

その間、二回ほど一騎のスマートフォンがメッセージの着信をつげていた。

「……鳴ってるぞ」

「うん」

でも、手にとらない。

そのことに、なぜか胸がもやもやとする。

苛立《いらだ》っているわけでもないのに無言になってしまい、なにも話さないままふたりで歩く。

ぽつり、と切りだしたのは一騎だった。

「あの、さ。ちょっと風真に聞きたいんだけど、アイドルの恋愛《れんあい》って、どう思う？」

風真は一瞬《いっしゅん》「きた！」と思った。

たまたま知ってしまった一騎と唯の関係だったが、なにも聞こえなかったふりをしている立場上、あれ以来どうなったのか、なにも聞くことができないままだった。

一騎は以前と変わらずずっと風真の近くにいるし、多忙《たぼう》なせいもあるかもしれないが、ふたりで会っているような気配もない。

変わったことと言えば、一騎のスマホが鳴る回数が増えたのと、なにかぼんやりとしている様子が増えたことくらいだ。

（きっと唯のことでなにか悩《なや》んでるんだろうなとは察してたけど、そこか……）

一騎が相談する相手なら自分しかいない。そう思って、クリスマスプレゼントなににしようだとか、唯がすぐに怒《おこ》って困るだとか、そういった悩みにはちゃっかり答えを用意して待っていたのだが、これは予想外だ。

（予想外に、ぜんっぜんスタート地点から動いてねぇ。っつかそれ、ふつー告白する前の悩みじゃん？）

風真が無言でじっと一騎の顔を見ていると、なにをかん違《ちが》いしたのか、あわてたように一騎が言葉を足してくる。

「あっ、一応言っておくけど、これはオレの話とかじゃないよ！　一般《いっぱん》的にどうなのかなってふと思っただけっていうか！　えっと……オレの友だち、そう、オレの友だちのアイドルがだれかを好きになったっぽいんだけど、どうするのか気になったっていうか、その、参考までに風真の意見をききたいなー……なんて」

（一騎おまえ、ごまかすのが最高にヘタかよ!!）

自分の悩みを「じつは友だちが……」とだれかに相談するのはよくある手だが、よりによって『オレの友だちのアイドル』とは……。

友だち関係をよく知っている風真にそれは、とんでもなく苦しい。

「そ、そうだなぁ……」

心のなかでツッコミながら、なにも気づかないふりで風真は相談にのることにした。

しかも内容はかなりスタート地点な問題だが、自分たちアイドルにとっては避けて通れない重要なハードルだ。

「……俺は、一言では言えないなって、そう思うかな」

想定外の相談内容ではあったが、あれから——一騎と唯の告白をきいてしまってから、ずっと風真も考えてきたことだった。

たぶん正解なんてない、むずかしい問題だとも思う。

「アイドルってさ、夢そのものなんだよ。その夢をファンが応援してささえてくれてる以上、ぜったいに壊《こわ》しちゃダメなんだ。それに今はドルチェにとっても大切な時期だし、感情よりも夢を大事にしなきゃいけねーだろって気持ちも正直なトコ、ある。——あっ、これはあれな、その一騎の友だちがもしドルチェだったらっていう、たとえ話な！」

「う、うん……」

「でもアイドルだって、ステージをおりたらフツーの人間だろ？　やっぱ生きてる以上感情はあるよな。怒ったり泣いたり……だれかを好きになったり。しあわせになりたいって思ったり。俺はそれをぜんぶ捨てろとは言えねー」

一騎の気持ちを知ったとき、『しあわせになれよ』と思った。

それはまぎれもない事実だ。

「だからって、好き勝手にしていいなんて思わないし、スキャンダルはもちろんぜったいにダメだぞ？　アイドルって、東京の某《ぼう》夢の国とすげー似てると思う。あれだって、ファンを夢でつつんで楽しませてくれる。たとえ裏方でなにがあったとしても、ぜったいにそれをファンに見せたりはしない。夢は壊さない。そのための努力をずっと重ねてきてるだろ？　そういう姿が大事なんだと、俺は思うな」

たぶんアイドルになった以上、一騎もふつうの恋愛はできないだろう。

デートをしてだれかと一緒にクレープを食べたり、手をつないで歩いたり。

そういうことはきっと許されない。

でも、気持ちを捨てるばかりが選択肢《せんたくし》ではないと、風真は思う。

手さぐりで小さなしあわせをさがす権利くらい、ちょっとはあるんじゃないだろうか。

そう言うと、一騎はどこかさみしそうにうつむいた。

「そっか……」

「俺は一騎のこと、応援《おうえん》してるぜ」

「え⁉」

一騎がきょとんと目を丸くして、風真はあわてて手をふった。

（しまった、知らないことになってるんだ俺のばか！）

「じゃなくて！　その一騎の友だち！　大変だろうけど、すげー悩んでるだろうけどさ。なにかあったらまたいつでも相談にのるからな……ってその友だちにつたえてくれな？」

「あ、うん、わかった。ありがとう風真」

一騎が笑う。

その顔があまりにも切なくて、風真は胸が痛んだ。

（一騎、がんばれよ）

まぶたの裏に、つんとした唯の顔がうかぶ。

強がって、でもストイックに努力を重ねていて。思えば、どこか自分に似ているような気がしていた。

はじめは嫌《きら》われていたけれど、いつのまにか認めてくれるようになって……。

うれしかった。心強かった。

（あと、案外笑うとかわいいんだよな）

病室で見せた素朴《そぼく》な笑顔《えがお》は、きっと忘れられない。

（唯……）

（陰《かげ》ながらだけど、応援しなきゃな……）

本当にふしぎなくらい、深く深く胸が痛んだ。

〈――っていうのが、風真の考えらしいよ〉

唯はお風呂上《ふろあ》がり、顔に美容パックを貼《は》ったままベッドに腰《こし》かける。

片手にながめているのはスマートフォンのメッセージアプリだ。

〈でも風真って自分にはきびしいトコあるから、本人のことになるとちょっとちがうかも？〉

〈わかんないけどさ〉

〈これはオレの友だちの話ってことにして聞き出したから〉

相手はドルチェの灰賀一騎だ。

複雑な気持ちで、唯はそのままごろんと寝《ね》ころんだ。

（なにが『わかんないけど』なの。風真のこと、ホントよく知ってるじゃない）

一騎は風真の幼なじみなのだという。

物心ついたときからずっと一緒《いっしょ》で、風真のことならなんでも知っている。

ここ最近のメッセージのやり取りで、唯はそれを痛感していた。

一騎は風真の強がりなところ、でもじつは傷つきやすくて怖《こわ》がりなところ。責任感が強いけれど繊細《せんさい》な面もあるところ、それに食べ物の好みから勉強の苦手科目、得意科目、小さなクセにいたるまで、まるで双子《ふたご》の兄弟か分身かのように、なんでもよく理解していた。

それだけ、一騎はよく風真のことを見てきたのだと唯は思う。

だって、一騎は——。

『唯ちゃん、風真のこと……どう思ってる？』

唐突《とうとつ》にそう聞かれたときのことを、唯は思い出す。

あれは合宿中のドルチェをライブに招待した日のことだ。

『どうって……？』

『風真にとって、唯ちゃんはいいライバルだよ。いい刺激《しげき》になって、モチベーションのささえにもなってる』

『なんだ……どう思ってるって、そういう話』

ホッとした唯に、一騎はつづけた。

『本当はさ、オレがそうなりたかったんだ。ライバルじゃなくても、一番そばで一番にささえるのはオレなんだって、ずっと思ってた。唯ちゃんとか他《ほか》のだれかじゃなくってさ』

だから、と、すこし頬《ほお》を赤くしながら、せつない顔で一騎は笑った。

『唯ちゃんは、オレにとってもライバルだ。だってオレ、風真のこと好きなんだ』

『え⁉』

とつぜんの告白に、唯の頬も思わず赤くなった。

『だから、どう思ってるか聞きたいなって。オレは風真の好きなところ、百個ぐらいあるんだけど……』

『百個⁉』

唯には百個もない。でも、ゼロでもない。

それはもう、自覚していた。

『……白雪風真はおせっかいだし口悪いしガサツだし……。でも、すごくファン想《おも》いでいつもまっすぐで、ばかみたいにやさしくて……だから……』

言うほどに、どんどんどんどん顔が熱くなる。

『わたしだって好き！』

「あぁぁあ～!!」

自分の口からついでてしまった言葉を思い出して絶叫《ぜっきょう》する。

「あのときなんであんなこと言っちゃったのわたしっっ！　ばかばかばかばかばかっほんっとばか！　ばかすぎて死ぬっ！」

離《はな》れていたとはいっても、風真だって通路にいたのに！

……でも、あのときはこらえきれなかった。

一騎のまっすぐな思いを聞かされて、正直な気持ちを言わないのはフェアじゃない気がした。

「まさか、風真に聞こえてたりしなかったでしょうね……？」

つい力が入って、小声ではなくなっていたような気もしなくはない。

よく覚えてはいないけれど。

唯は真っ赤になった顔からパックをはがしてゴミ箱に放《ほう》り投げ、それから一騎に返事を送る。

〈わかった。っていうか、よけいな気をきかせて情報共有とかしなくていいから〉

一騎はなんのつもりなのか、唯をライバルだと言いつつ、おせっかいを焼いてくるのだ。

今回も、風真がアイドルの恋愛《れんあい》をどう思っているのかリサーチして、その結果をわざわざ唯に知らせてくれたらしい。

でもほんと、よけいなお世話だ。

一騎からの返事はすぐだった。

〈告白しないの？　悪い結果にはならないと思う〉

「……」

速攻で、あっかんベーをしたスタンプを押して返す。

唯は風真のことが好きだ。

もうそれは認める。

でも、告白をするつもりなんてない。

「だって……告白なんてして、どうするの」

悪い結果にはならない？

もし、あたって砕《くだ》けたら？　そんなの、考えただけですごく怖い。

それに一騎が言うように、本当に悪い結果にはならなかったとして——両想いになったとして、それでどうなる？

アイドル同士の交際となれば、それこそ大きなスキャンダルだ。

いままで唯が、そして風真が積みあげてきたものがすべて壊《こわ》れてしまう。

（そんなこと、できないじゃない……）

とくにドルチェは今、人気を急激に伸《の》ばしている最中だ。

来年二月に控《ひか》えた東名阪《とうめいはん》ライブツアーのチケットは、すでにかなりの倍率を経て完売をしている。

シングルCDの売り上げも、楽曲配信の再生回数もかなり好調だ。

今はまだエッグレコード付属会社所属という立場だが、このまま行けば近いうちに正式なエッグレコードの一員として認められ、さらなる躍進《やくしん》が期待できるだろう。

風真たちのこれまでのがんばりが報《むく》われる大事なときだ。

壊すなんてぜったいにできない。できるはずがない。

（………好き）

だからこそ、ぜったいに言えない。

唯はスマートフォンの画面をただ、だまって見つめた。

風真からもメッセージがとどいている。

空気が乾燥《かんそう》してるからのどを大事に、という、いつものおせっかいな内容だ。

（そんなのわかってるし。そっちこそでしょ）

でも、そんなあたり前の心配をしてくれることが、なんだかうれしい。

クスッと笑ってから、部屋の電気を消した。

返事はなんて送ろうか？

きっとまた、今日も言葉に迷って一言も打てないまま、何時間も悩《なや》んでしまうのだろう。

Stage 1

Stage 10

「メジャーアルバム発売決定、おめでとう!!」

エッグレコードに呼ばれお祝いをうけたのは、年が明けて二月、東名阪ライブツアー終了《しゅうりょう》の翌週のことだった。

ツアーが大盛況《だいせいきょう》のうちに成功をおさめたことと同時に、ファンクラブの会員も目標数を突破《とっぱ》した。

その結果を受けて、ついにドルチェはメジャーデビュー、そして四月のアルバム発売を確約されたのだ。

おめでとうおめでとうと叫《さけ》ぶマネージャーは涙《なみだ》を流している。

風真をはじめ、一騎や枯平、沙良やギリシャもこみあげる喜びにぐっと涙をこらえていた。

「僕たち、やったんですね……!」

「だな……ぜんぜん実感わかねーけどよぉ」

桔平とギリシャがガッチリと肩《かた》を組む。

「メジャーデビューだって、風真！」

「それにアルバム！　新曲も楽しみだな！」

「まあ、こんなもんでしょ」

風真は一騎と一緒《いっしょ》に、喜びを隠《かく》そうとする沙良をはさんで抱《だ》きあった。

迷惑《めいわく》そうな沙良をぎゅうぎゅうとつぶしてやる。

「それと、まだ話は終わりじゃないんだ」

マネージャーがネクタイで涙をふいて、まだびしゃびしゃな顔をみんなに向けた。

「とにかく四月発売に向けて、かなり急ピッチでいろいろ進めなくちゃいけない。かえりにアルバム収録用の新曲仮歌を渡《わた》すし、このあとはいつもの場所で振《ふ》りのレッスンをうけてもらうよ。早めのレコーディングはもちろん、ＭＶの撮影《さつえい》もあるから、めちゃめちゃ急ぐよ」

「なんでそんなに急なんだよ……」

「きみたちの躍進がドカンときたからだよ！　あと沙良には二本目のテレビＣＭのオファーがきてるし、一騎、きみもだよ！」

「……え。オレ……？」

ぽかんとした顔で、一騎が自分の顔を指す。

「そう！　一騎にはドラマ出演の依頼《いらい》がきてるんだ！」

えぇ～!?　とおどろきの声があがる。

マネージャーが見せてくれたのは、恋愛《れんあい》をテーマにした短編ドラマをオムニバス形式で組んだ特別番組の企画書《きかくしょ》と、その台本だった。

「一騎、そんな固まらないで！　短編ドラマだからセリフはたぶんなんとかなるし、フレッシュな出演者を集めた番組だから、演技も気負わなくて大丈夫《だいじょうぶ》……だと思う！　演技はじめての子たくさんいるし、ちゃんと指導してくれる人がいるし！」

フレッシュな出演者？　と、みんなで企画書を開いてみる。

「お!?」

声をあげたのはギリシャだった。

「見ろよ、オメーの相手役。有栖川唯じゃねぇか!!」

「……え？」

企画書に目を走らせれば、たしかにそこには唯の名前がのっている。

風真はなんどもなんども、目で『有栖川唯』の文字をなぞった。

それはまるで、まちがいなんじゃないかとしつこく確認《かくにん》しているようで、そんな自分にさらに動揺《どうよう》する。

「風真……」

一騎に名前を呼ばれてドキリとした。

（俺、なにこんなに動揺してんだ……？）

だいじな親友が、好きな子と恋人《こいびと》役でドラマに出演する。

これほどおめでたくてラッキーな話があるだろうか。

「ど、どうしたんだよ一騎、そんな顔して。よかったじゃんおめでとう！」

祝福すると、一騎はなんともいえない複雑な表情で押し黙《だま》った。

風真はといえば、全力の笑顔《えがお》だ。

……全力で、笑顔を演じていた。

「ただいまー」

「おかえり風真、夕ごはんは？」

「ごめん、明日《あした》の朝食べるよ」

夜になって帰宅した風真は、「食べてきたのね？」と確認する母親の声にあいまいな返事でこたえて手を洗う。

ごはんは食べたといえば食べたし、食べていないといえば食べていない。

あのあとドルチェ部屋に場所を移し、仮歌を聞いたりＭＶの振りを習ったりという時間を過ごした。そのあいだ、たしかだれかが差し入れてくれた小さなチョコを二、三個つまんで食べたはずだ。

それ以外になにかを食べた覚えはないが、お腹《なか》がすいていない。

食べたいとも思わなかった。

「お風呂《ふろ》は？」

「朝シャワー浴びる」

母親にいろいろ申しわけないと思いつつ、部屋に入る。

手早く着がえると、もう限界だとばかりにベッドに倒《たお》れこんだ。

（なんか、すげーつかれた気がする）

はげしいレッスンではなかったのに、身体《からだ》が重い。

ベッドであおむけになっていると、そのままどこまでも深く沈《しず》んで行ってしまいそうな気さえする。

（そういや、母さんにメジャーデビュー決まったって言うの忘れたな）

きっとおどろくだろうし、心から喜んでくれるだろう。

でも、今はなんだか起きあがって報告しに行く元気がでない。

ぼんやりしながら、風真はスマートフォンを手にとった。

〈ドラマのこときいた。おめでとう！〉

唯にそう送ったメッセージには、とっくに既読《きどく》がついている。

それなのに、返事がこない。

風真はため息をついて、スマートフォンをまくらもとに投げだした。

最近はずっとこうだ。

風真がなにを送っても、メッセージがなかなか返ってこない。

もともと唯はメッセージへの反応がおそいほうだったけれど、それが今はさらにひどくなったように思う。

悪いときにはなにも返ってこないことだってあるし、翌日になってから単語ひとつなんてこともあった。

(前みたいにダメ出しとかでもいいから、ちゃんと返事しろよ……)

返事がないと、ふしぎと焦《あせ》りにも似た気持ちになって、ついつい何度もアプリを確認してしまう。

そしてそのたびに、ぽつりと取りのこされた自分のメッセージにがっかりしてしまうのだ。

「心配すんだろーが。またムリして倒れてねーかとか、元気かとか、なにか悩《なや》んでねーかとか……」

とにかく、唯がどうしているのか知りたい。

風真はもういちどスマートフォンを手にとって文字を打ちかけて、迷った末にやっぱり削除《さくじょ》した。

(ばかだな俺……。そういうの、俺の役目じゃねーじゃん)

もう、唯には一騎がいるのだ。

唯をささえるのは一騎だし、唯がなにか相談をする相手だって一騎のはずだ。

メッセージのやり取りだって、一騎のスマートフォンは鳴っていたから、ふたりではきちんとこまめな連絡《れんらく》を取りあっているにちがいない。

風真はもう関係のない、ただの外野だ。

「……」

ただ、そのことがひどく切なくて、苦しかった。

ぎゅっとシーツをにぎりしめる。

（俺、どうかしてる）

大親友の恋《こい》を、こんなに歓迎《かんげい》できないなんて。

しあわせになれよ、とたしかに思っているのに、どうしても胸の奥のもやもやが晴れてくれない。

日がたつごとに、一騎のスマホが着信を告げるごとに、その気持ちは強くなる。

そして自分のスマホが静かであればあるほどに、胸がぎゅっと痛むのだ。


「ただいまー」

ひとり暮らしの寮《りょう》なのに、そう声をかけて玄関《げんかん》を開けるのは防犯のための習慣だ。

唯は重い体をひきずるようにして、なんとか寝《ね》るための最低限のしたくをすませた。

美容のために毎晩あたたかい湯船につかるように決めているが、今日はムリだ。

あしたの朝、シャワーをあびればなんとかなる。

（ごはんも、今日はいいや……）

疲労感《ひろうかん》が泥《どろ》のように全身にまとわりついていて、そのせいか食べたいとも思わなかった。

帰りの車のなかでビタミンたっぷりの野菜ジュースを飲んだのだから、もうそれでいいことにする。

ふかふかのベッドに横になると、唯はスマートフォンの通話アプリを確認した。

〈ドラマのこときいた。おめでとう！〉

風真からのメッセージだ。

あたり前だが何回見てもおなじ文字が並んでいる。

その事実に、唯はいら立ちと深い失望を感じていた。

（風真にだけは、おめでとうなんて言われたくなかった）

唯がだれかと恋を演じることを。

ドラマのなかでとはいえ、風真がよく知る男子と抱《だ》きしめあったりすることを。

理想を言えば、祝福できないと言って欲しかった。

恋人役の一騎にたいして嫉妬《しっと》してほしかったし、それが叶《かな》わないのなら、せめてこの話題にふれないでいてほしかった。

こんな軽々しく、おめでとうなんて言ってほしくなかった。

「……それにこんなの、なんて返せばいいの？」

おめでとうだから、ありがとう？

ムリだ。

ありがとうだなんて、そんなこと口がさけても言えるはずがない。

（いっそのこと、わたしか風真、どっちかが一般《いっぱん》人だったらよかったのかな……）

そうしたら、唯は素直《すなお》に気持ちをつたえることができて、たとえ玉砕《ぎょくさい》したとしてもスッキリすることができたのだろうか。

すくなくとも、好きな相手から恋愛《れんあい》ドラマへの出演を祝福されるなんてことは起きなかったはずだ。

そんなことを考えて、切なく笑う。

ばかな考えだ。

本当にどうしようもなくばかな考え。

だって、唯はわかっている。

唯は、アイドルとしてまっすぐにがんばる姿をふくめて、風真のことが好きなのだ。

そうでない風真など考えられない。

そして唯自身もまた、そんな風真にトップアイドルとしての背中を見せていたい。

どっちかが一般人だったらなんて、そんな仮定は成りたたないのだ。

「――風真のばか」

鼻がつんとして、目頭《めがしら》が熱くなる。

泣きたい。

泣きわめいて、この気持ちを風真にうちあけてしまいたい。

そうすればきっと、楽になれる。

なのにその道はぜったいに選べないことを、唯自身が一番よくわかっている。

（愛されたくてアイドルになったのに、はじめての恋ですら捨てないといけないなんて、ほんと笑える……）

そしてもっと笑えるのは、捨てないといけないとわかっているのに、いつまでも未練がましくその気持ちを抱《かか》えている自分のこの姿だ。

以前、一騎が送ってくれたメッセージによれば、風真はアイドルの恋愛について、『感情のすべてを捨てろとは言えない』と言っていたという。

でも、こうして伝えることもできずに苦しい思いをするくらいなら、いっそ捨ててしまったほうが楽だ。

（ほんと、捨ててしまえたら……）

こんなに苦しい思いをしなくてもすむのに。

唯はうつぶせて、まくらに顔をぎゅっとおしつけた。

デビューからもうすぐ一周年となる春先。

ドルチェのメジャーアルバム『恋より甘いＤｏｌｃｅはいかが？』のレコーディングは無事に終了《しゅうりょう》し、新衣装でのＭＶ撮影《さつえい》も順調に行われた。

発売に先立って、衛星放送深夜《しんや》枠《わく》でのテレビＣＭも展開され、現在ドルチェの知名度アップ、そして人気上昇《じょうしょう》は止《とど》まるところを知らない、というのが興奮したマネージャーによる見解だ。

そんななかむかえたのが、一騎の短編ドラマの撮影日だった。

恋人役である有栖川唯のスケジュールがきびしかったこともあり、撮《と》りのこしとなっていた一騎との告白シーンなどを一気に撮影し、全体撮影終了《クランクアップ》となる。

この日、風真と沙良のふたりは勉強もかねて、撮影の見学におとずれていた。

「はぁ」

重苦しいため息をつくのは沙良だ。

「なんでボクがドラマ撮影の勉強なんてしなくちゃいけないの」

にらまれて、風真は「まあまあ」とそれをたしなめる。

沙良の言葉はもっともだ。沙良は五歳ですでに子役としてデビューしている。

勉強をしないといけないのは風真のほうで、しかも今回、見学をするように言われたのはもともと風真ひとりだった。

「なんでボクまで巻きこんだかな。今日は専門店のショコラをゆっくり食べる予定だったのに」

「だから、ありがとなって。ギリシャと桔平は他《ほか》に仕事入ってたし、俺ひとりだとなんか緊《きん》張《ちょう》すんじゃん？　今度おまえの行きつけの店でおごるからさ」

「は？　君が？　店に？　ぜったいに嫌《いや》だね」

かなりすわった目で断固拒否《きょひ》された。

全力で不機嫌《ふきげん》な沙良をなだめすかしながらスタジオに入ると、風真たちを見つけたマネージャーが手招きする。大勢のスタッフにあいさつをしながら撮影機材のコードをまたぎ、見学場所へ移動した。

大掛《おおが》かりなセットに感動しながら周囲を見回す。

一騎はセットの手前で、台本を手にしたままだれかと立ち話をしていた。

（おーい）

がんばれよ、と手をふろうとして、風真は動きを止めた。

一騎のかげになっていた人物が見えて、どきりとする。

（唯……）

一騎と会話をしていたのは、唯だった。

リラックスした表情でなにかを話しこんでいる。

それを見ただけで、胸の奥がつきんと痛んだ。

（一騎には、あんな顔見せるのかよ）

あげかけた手を、力なくおろす。

仲のいい二人の邪魔《じゃま》なんて、できるはずがない。

（……お似合いなふたりだよな）

一騎はカッコいいし、唯はかわいいし。それに仲もよさそうだ。

ふたりを見ているとこんなにさみしくなるのは、きっとひとりだけおいてけぼりにされたような気になるからだ。

それ以外の感情なんて、あるはずがない。

「じゃあ、はじめます！」

スタッフの声がかかり、スタイリストのチェックを受けたふたりがセットに向かう。

ついに、風真が見守る前でふたりの『恋《こい》』は動きはじめるのだ。

どくん、どくん、とイヤな鼓動《こどう》がなった。

見たくない。この場を遠くはなれてしまいたい。

そんな感情が胸の奥からじわりとわいてくる。

「風真、平気なの？」

とつぜん沙良に問われて、風真はびくりとした。

「は、へーきに決まってんだろ！」

つい大きな声で返してしまい、あわてて口を閉じる。

「そう。背なかにクモがついてたんだけど」

「は……クモ？　なんだ、クモの話か……」

「ま、ウソだけど」

ほっとする風真に、しれっとした顔で沙良が言ってのける。

「で、風真はいったいなんの話だと思ったわけ？」

まるですべて知っているとでもいうような、イヤな目で風真を見る。

でもこんなことでのせられて、ふたりが演じる恋愛《れんあい》を見るのがつらいだなんて、ばか正直に言えるはずがない。

「なんでもねーよ！」

「ふーん。――あ、有栖川唯がこっち見てる」

「はあ!?」

（だれがその手にのるか！）

そう思った風真だったが、正面のセットへと視線をもどしてドキリとした。

沙良の言葉のとおり、有栖川唯がまっすぐに風真のほうを向いていた。
まるで信じられないものを見たかのように、大きな目をさらに大きく見開いて。
一騎もまた、おどろいたように風真を見ていた。
（あっ。そういや、今日の見学のことつたえてなかったな）
一騎にくらいはマネージャーからつたわっているものだと思っていた。
（そっか、おどろかせちまったかな――って、えぇっ!?）
風真は瞬《まばた》いた。
視線の先で、有栖川唯がものすごい形相で眉《まゆ》をつり上げて、こちらをにらんだのだ。
「君、なにしたの……？」
「今日はなにもしてない、と思う……」
心あたりは、たぶんない。

「唯ちゃん、今日ずいぶんNG多いね」

「すみません……」

監督《かんとく》に指摘《してき》されて、唯は頭をさげることしかできなかった。

原因はわかっている。

唯はちら、とスタジオのすみに視線を向けた。

向けたどころか、うらみをこめてキッとにらむ。

うろたえた顔でこちらを見ているのは、ドルチェの白雪風真だ。

（なんで！　なんで風真が見学になんてきてるわけ⁉）

こっちの気も知らないで！

たしかに風真には会いたくないわけではなかった……というか会いたかったが、なんでそれが、告白シーンがメインの今日なのだろう！

（おめでとうなんて言葉でさんざん苦しめておいて、さらにトドメを刺《き》しにきたわけ⁉）

なんて腹の立つ！

おかげでさんざん指導を受けて練習してきたのに、今日の演技はボロボロだった。

「——唯ちゃん？」

「は、はい！」

「なんか集中できてないみたいだし、ちょっと長めの休憩《きゅうけい》入れようか。休憩明けに告白シーンからはじめるから、それまでに整えておいてね」

「すみませんでした。ご迷惑《めいわく》をおかけします」

監督に頭をさげながら、なんだか泣きそうになる。

（風真さえ来なければ、ぜったい完璧《かんぺき》な演技ができたのにっっ！）

顔をあげた唯は、風真を限界までにらみながら楽屋へともどった。


コンコン、とノックの音が響《ひび》いたのは、それからすぐのことだ。

「だれ？」

「えーと、俺だけど」

遠慮《えんりょ》がちな声がきこえる。

どうぞ、と不機嫌《ふきげん》丸出しでこたえると、おずおずとした様子で風真が入ってきた。

「で。なに？」

「いや……なんか、かなりひさしぶりににらまれたなぁと思って」

俺、なにかしたっけ？　という顔で気まずそうに頰《ほお》をかくので、よけいに腹が立った。

腹が立ったうえに、ひどくせつない。

この男子は本当に、唯の心をなにひとつとしてわかっていないのだ。

「……べつに」

「べつにって顔じゃねーじゃん。言ってくれればちゃんと謝るからさ」

(言ってくれればって……)

唯はきゅっとくちびるをかんだ。

そんなの、言えるはずがない。

好きな人が見てるから、恋の演技に集中できないなんて。

白雪風真にだけは、今日の撮影《さつえい》を見ていてほしくないだなんて、そんなこと。

黙《だま》ってぷいっとそっぽを向いた唯に、風真はムッとしたような声で言った。

「……おまえ、俺の前と一騎の前とじゃ、ぜんぜんちがうよな」

「は？」

思わぬ言葉に目を丸くする。

「俺の前ではいつもぷりぷり怒《おこ》った顔するくせして、一騎の前だとすげーリラックスした顔してるだろ」

どきっとした。

たしかにそうだ。風真の前ではいろいろ意地になってしまうところもあるけれど、一騎の前だとそれはない。

だって一騎は恋《こい》のライバルであり、そして共通の恋の相手をもつ仲間でもあるのだ。

おたがいの気持ちを吐《は》きだしあってからは、すっかりコイバナで盛りあがるふしぎな関係にもなっていた。

でも、それを風真に説明するわけにはいかない。

「そ、そんなことない！　気のせいじゃないのっ⁉」

「……そんな顔真っ赤にして否定しなくてもいいよ」

さみしそうに、風真が笑う。

「ほんと、お似合いだと思ってる。おめでとう、唯」

「おに……え？」

「じつは俺、ふたりのことけっこう前から知っててさ……」

一瞬《いっしゅん》、ぽかんとした。

なにを言われたのか、わからない。

（え、お似合い……⁇　わたしと、一騎が？？？　え？　え？　え……？）

理解するのに数秒かかり、それから、ぷるぷるとした震《ふる》えが足もとから上がってきた。

怒《いか》りの震えだ。


なんだ。

なんなんだ。その誤解は。

（ほんと、ほんと……この天然ドばかは……っっ‼）

唯のなかで、ぶちっとなにかが切れた気がする。

「なんっっにもわかってないんだからぁっっっ‼」

唯は力いっぱい叫《さけ》んだ。

だって、こんなことってあるだろうか。

人が死ぬほど苦しんで、つらい思いをしながら風真への想《おも》いを隠《かく》しているのに、当の本人は唯のことを完全に彼氏持ちだと思っていたわけだ！

しかもよりによって、その相手はおなじく風真のことを大切に思っている一騎だなんて！

トンデモなカン違《ちが》いにもほどがある!!

「はあ？　わたしたちのこと知ってる⁉　しんっじらんないっ！　どの口が言ってんのよ、ぜんっぜんちがうから！　わたしも一騎も好きな人がいるの！　ばっっっっっっかじゃないのっっっ⁉」

風真はあまりの迫力《はくりょく》にあ然としていたけれど、一拍《いっぱく》してから、はっとしたように反論してきた。

「ば、ばかってなんだよ⁉　唯おまえ口悪すぎじゃね⁉」

「口が悪いのは昔からですー！　それに風真がばかなんだもんしょうがないじゃない！」

「おまえばかって言ったほうがばかなんだぞ！　っつーか好きな人ってなんなんだよ！　一騎じゃないならだれなんだっつの！」

「そんなのあな……っ！」

　あなたにきまってるじゃない。

　真っ赤になってそう叫びかけて、あわてて口をつぐんだ。

「あな……？」

「……あなたには、言えない」

　顔を両手でおおって、ソファに沈《しず》みこむようにして座る。

　頭にのぼっていた血が、スッといっきに足もとへとおりてきたような気がする。

「そうか………そうだよな」

　落胆《らくたん》したような、風真の声。

「でも、そっか。一騎とのことは俺の誤解なんだな。わかったよ」

「……うん」

「もしかしてさっきからＮＧ多いのって、恋人《こいびと》シーンがつらいからか？」

「うん」

そうだ。つらい。

好きな人が見ている前で、好きでもない人に告白しないといけない。

ぎゅっと強く抱《だ》きつかないといけない。

吐息《といき》がふれるほどに顔をよせあって、見つめあわないといけない。

本当に好きな人には、なにひとつ気持ちを伝えることもできないのに――。

「……つらいの。演技だってわかってても、すごくイヤ。どうしたらいいと思う……？」

「唯、泣いてるのか？」

「泣いてないっ」

意地で否定したけれど、顔をかくした手をどけることはできそうにない。

風真がおろおろと困っているのが、なんとなく空気でわかる。

ハンカチつかうか？　と聞いてくるので、泣いてないともう一度否定しておいた。

　だいたい、そうやってすぐに泣いてる女の子にハンカチをさしだせてしまうところが、すごく気にくわない。……気にくわないくらい、カッコいいと思ってしまう。

「そうだなぁ。どうしたらいいんだろうな……」

　さっきあんなに唯が怒鳴《どな》ったのに、こうやって真剣《しんけん》になって相談にのってくれるやさしいところも、やっぱり好きだ。

「うーん、女優さんとかは自己暗示みたいにして役になりきるっていうけど、それができないんなら、相手を思いこむしかないんじゃないか？」

「相手を？　なにそれ」

「相手を、唯が好きな相手だと思いこむんだよ。どうだ？」

　一騎を、風真に？

「……ムリ。ぜんぜん似てないもん。そいつ一騎みたいに穏《おだ》やかじゃないし、言葉づかいも乱暴だし、一騎よりもぜんぜん背が低いし、がさつだし、すぐ女の子にやさしくするタラシだし」

「おまえの好きなやつってどんなやつなんだよ……」

（こんなやつなんだけど）

唯は指のあいだから、ちらっと風真の顔を見る。

ちょっとだけ目があって、あわてて指をとじた。

「なんだよ」

「なんでもない。じゃあ風真、撮影《さつえい》中それもってて」

唯は顔をかくしたまま、くいくいっとあごでテーブルを指した。

「ん。これか？　アイドルグループ嵐山《あらしやま》の卓上《たくじょう》カレンダー？」

「そう。それ見ながら告白シーンのりきってみる。嵐山相手ならちゃんと好きって言えそうだから」

「おまえ、泣くほどイヤなのに、案外ちょろい作戦でいくのな」

「泣いてない！」

叫んだところで、ちょうどコンコンと楽屋のドアが叩《たた》かれた。

「はい」

「――そろそろ撮影はじめるらしいよ」

塔上沙良の声だ。

「わかった、今行く！」

先にこたえたのは風真だった。

「唯、ちゃんと涙《なみだ》ふいてからこいよ」

「泣いてないってば！」

パタン、とドアのしまる音。


両手をそっと外してみれば、唯のひざの上にはいつのまにか、きれいにたたまれたハンカチがのせられていた。

「ほんと、こういうところが……」

おせっかいでタラシで、やっぱりカッコいいのだ。


それから間もなく、撮影が再開されることになった。

「で、どうだった？」

スタジオにもどると、沙良がそう聞いてきた。

すこしだけふっ切れた顔で、風真は小さく笑う。

「ひとつは解決……したのかな。かわりに謎《なぞ》は二個増えたけどな」

「そう。まぁ、さっきよりはいい顔になったんじゃないの？」

「ありがとな、沙良」

休憩《きゅうけい》に入ってすぐ、「行きなよ」と風真の背中を押したのが沙良だった。

ゆっくり唯と話ができるように、廊下《ろうか》を見ててくれたのも沙良だ。

「おまえって案外おせっかいだったんだな」

「君にだけは言われたくないんだけどね」

監督《かんとく》が合図を送り、撮影がはじまる。

唯が一騎を呼び止めるシーンからだ。

「お願い待って！」

唯が叫《さけ》ぶ。

泣いたことですっきりしたのか、その表情は休憩前とはまるでちがっていた。

見ているこちらが思わず切なくなるような、迫真《はくしん》の演技。

もはや、嵐山の卓上カレンダーはあまり意味がないような気がしてくる。

(さすが唯だな)

今度は、目をそらさずに風真も見ていられる。

唯と話をして、一騎とのことは誤解だとわかったせいかもしれない。

(——でも、唯の好きなやつって、いったいだれなんだ？)

一騎にも想《おも》う相手がいると言っていたが、ぜんぜん心あたりがない。

それに唯の恋《こい》の相手はたしか、乱暴でがさつなのだと言っていた。

しかもタラシなんだとか。

(そんなやつのどこがいいんだよ……)

唯の趣味《しゅみ》をうたがってしまうし、なぜだかその謎のタラシ男に対してむかっとしてしまう。

(そんなやつよりよっぽど——)

ぎゅうっと、胸が苦しくなる。

(俺は——唯のことが……)

「わたし……！」

演技中の唯の必死な声に、風真はハッと我に返った。

（そうだ、嵐山の卓上カレンダー！）

きちんと唯から見えるように——そう思ってかかげて、風真は息をのんだ。

（唯？）

唯は、まっすぐに風真を見ていた。

風真が手にもったカレンダーではなく、せつない瞳《ひとみ》で、身をふりしぼるほど一心に風真を見つめていた。

「わたし、あなたのことが好き！」

目を見つめて言われた言葉に、どくん、と大きく胸が鳴る。

（演技……演技、だよな）

わかっているのに、まるで自分が言われたような錯覚《さっかく》がして、かぁっと全身が熱を帯びた。

（俺、なんでこんなにドキドキして……）

胸をおさえる風真に、監督と話をしていた唯がふり返る。

目が合うと、唯はいたずらっぽく、けれどもふんわりとほほ笑《え》んだ。

それは花がほころぶようなほほ笑みで、風真は一瞬《いっしゅん》も目が離《はな》せなくなっていた。


クランクアップのあいさつが行われているのを、スタジオのすみからながめながら、風真は唯を待っていた。

一騎はマネージャーに呼ばれ、なにかを話しこんでいる。

先にもどってきたのは唯だった。

「おつかれさん」

「ありがと」

「あの、さ」

風真は照れをかくすように、ぽりぽりと頬《ほお》をかく。

「さっきの……」

「さっきの？　どのシーンの演技の話？」

さらっと聞き返されて、風真はやっぱりと思う。

あれはやはり、ただの演技だったのだ。それ以外のなにものでもない。

「いや、なんでもない。——それよりおまえ、ふと思ったんだけど男の趣味《しゅみ》悪くね？」

「しってる。その自覚はあるから」

「もし、さ」

風真は唯のバッグをちらりと見た。

そこには、ずっと以前に強引《ごういん》に渡《わた》した防犯ブザーが、バッグが変わった今でもきちんとつけられている。

とくに心をこめたわけでもない、プレゼントでもないそんなものをきちんと大切に使ってくれていることが、なんとなくうれしかった。

「もし、そのタラシで乱暴でチビでがさつな男に泣かされたら、かならず俺にチクってこいよ。ぶん殴《なぐ》ってやるから」

けっこう本気で言ったのだが、唯は一瞬目を丸くしたあと、ぷっと吹《ふ》きだした。

「……なんだよ。泣かされそうだから心配してんのに」

「だって……！」

唯はなにがツボに入ったのか、しばらく笑っていた。

それから目にたまった涙《なみだ》をぬぐい、まだ涙目のまま、「ありがと」と言う。

「泣かされたら、殴ってもらう。約束ね？」

言って、小指を出す。

指きりげんまんかと思ったが、唯はやっぱり迷ったあげく、小指もにぎりこんでグーのかたちにしたようだ。

以前、秋合宿で交《か》わしたように、こぶしを合わせて約束を交わす。


「そう言えば、くやしいけどまだ追いぬけてなかったな」

あのとき、さくら道を追いぬいてやるから見てろ、なんて宣言していた。

「わたし、まずは追いぬく前に足もとまで這《は》いあがってきなさいって言った気がする」

「あぁ、それなら達成できたよな？」

「まあまあじゃない？」

ふふん、とどこか勝ち誇《ほこ》ったように唯があごをあげる。

「くっそーくやしいな……。見てろよぉ」

「ま、追いぬくよりも殴ってもらう約束のほうが先に達成されると思うけど」

「そんなろくでもねーやつなのかよ」

「そう！　すっごくろくでもないんだから！」

唯が眉《まゆ》をつり上げて言い、そして笑った。

「おーい風真、帰るよ！」

一騎たちが出口の近くで風真を呼んでいる。

「じゃあな」

手をふって唯と別れて、一騎たちと合流する。

歩きながら、風真はタッチを交わした自分のこぶしを見た。

指きりじゃない、グータッチ。それが、唯と風真の関係にちょうどいい。そんな気がする。

まだまだ、唯はライバルだから。

高い高い目標だから。

そしていつの日か追いつき、並べたなら——。

そのときはなにか、おたがいに素直《すなお》になれるような気がした。

HoneyWorks
メンバーコメント

ヤマコ

モゲラッタ

桐谷

小説をお手に取って頂き
ありがとうございます!!
楽しんでいただけたでしょうか？

貴方にとって風真が、Dolceが
少しでも楽しめるものだったら
うれしいです…！
ここまで応援して頂き、
本当に本当にありがとうございました!
桐谷

「Dolce」CV（キャラクターボイス）担当のメンバーコメント

莉犬

風真くんしか
勝たん!!
莉犬

るぅと

Dolce小説2巻発売
おめでとうございます!
ねむねむ〜Zzz

浦田わたる

2巻!!
発売おめでとう
ございます!

浦田わたる

坂田明

発売おめでとう
ございます!!
一騎くん かわいい…
by 坂田

いそろく

新刊おめでとう!
筋トレするしかねーな!?

いそろく

「Dolce2 アイドルがアイドルに恋しちゃだめですか？」の感想をお寄せください。
おたよりのあて先
〒102-8177　東京都千代田区富士見2-13-3
株式会社KADOKAWA　角川ビーンズ文庫編集部気付
「HoneyWorks」・「小野はるか」先生・「ヤマコ」先生・「桐谷」先生
また、編集部へのご意見ご希望は、同じ住所で「ビーンズ文庫編集部」
までお寄せください。

Dolce《ドルチェ》2
アイドルがアイドルに恋《こい》しちゃだめですか？

原案／HoneyWorks　著／小野《おの》はるか

角川ビーンズ文庫　22529

令和３年２月１日　初版発行

発行者――――青柳昌行
発　行――――株式会社KADOKAWA
〒102-8177　東京都千代田区富士見2-13-3
電話 0570-002-301（ナビダイヤル）
印刷所――――株式会社暁印刷
製本所――――株式会社ビルディング・ブックセンター
装幀者――――micro fish

●お問い合わせ
https://www.kadokawa.co.jp/（「お問い合わせ」へお進みください）
※内容によっては、お答えできない場合があります。
※サポートは日本国内のみとさせていただきます。
※Japanese text only

ISBN978-4-04-110873-4 C0193 定価はカバーに表示してあります。　◇◇◇